STRAEON AC ARWYR GWERIN CYMRU

Cyfrol 1

CW00606974

Straeon ac Arwyr Gwerin Cymru

John Owen Huws

Lluniau gan Catrin Meirion

Cyhoeddwyd yn wreiddiol fel GAWN NI STORI 1 a 2
yn 1988.
Argraffiad newydd: Mai 1999

Rhif Llyfr Safonol Rhyngwladol:
0-86381-575-8

Llun clawr a'r lluniau tu mewn:
Catrin Meirion

Cynllun clawr: Alan Jones

Argraffwyd a chyhoeddwyd gan Wasg Carreg Gwalch,
12 Iard yr Orsaf, Llanrwst, Dyffryn Conwy, LL26 0EH.
☎ 01492 642031
🖷 01492 641502
✆ llyfrau@carreg-gwalch.co.uk
Lle ar y we: www.carreg-gwalch.co.uk

Cynnwys

Y WIBERNANT

Maen nhw'n dweud am ambell ddynes ei bod hi'n rêl draig! Peth rhyfedd hefyd, achos welwch chi byth ddynes sy'n goch i gyd ac yn chwythu tân! 'Sgwn i pam mae rhai'n cael eu galw'n ddreigiau? Ar ôl dweud hyn, does neb yn cael ei alw'n wiber chwaith. Chwarae teg! Hoffech chi gael eich galw'n neidr? Dyna ydi gwiber erbyn heddiw – neidr wenwynig efo patrwm 'V' ar ei gwar.

Ers talwm roedd gwiberod yn bethau gwahanol iawn. Bwystfilod ofnadwy oedden nhw, fel nadroedd anferth yn hedfan. Roedden nhw'n beryg bywyd i ddyn ac i anifail. Mewn hanes o Ynys Môn, bu un dyn farw wrth i ddant gwiber fynd i'w droed ar ôl iddo roi cic i'w phenglog.

Cafodd un lle ei enwi ar ôl gwiber hyd yn oed, sef y Wibernant ger Penmachno yn Nyffryn Conwy. Mae'n siŵr eich bod chi wedi clywed am yr Esgob William Morgan a gyfieithodd y Beibl i'r Gymraeg dros bedwar can mlynedd yn ôl. Wel, yn y Wibernant y cafodd o ei eni, ond roedd hynny ymhell ar ôl amser y wiber.

Cloben fawr oedd hon, ac yn beryg tu hwnt gan ei bod hi nid yn unig yn medru byw ar y tir ond o dan ddŵr hefyd. O'r holl wiberod a fu yng Nghymru erioed, hon oedd yr unig un a fedrai wneud hyn.

'Mae'n rhaid i ni gael gwared â hi! Bwytaodd ddau o'm hŵyn gorau yr wythnos diwethaf!'

'Do, a lladd llo i minnau!'

'Ond fe geisiodd Sam y Gof ei lladd hi efo gwaywffon ac fe wyddoch beth ddigwyddodd iddo fo . . . welwyd byth mohono fo wedyn.'

'Maen nhw'n dweud ei bod hi wedi bwyta Sam druan.'

'Ac fe wyddoch beth ddigwyddodd pan daflwyd rhwyd drosti a'i llusgo am yr afon efo ceffylau gwedd – fe'u llusgodd hi nhw i'r afon a'u boddi nhw.'

'Do, rydw i'n cofio. A ninnau'n gobeithio ei bod hithau wedi boddi i'w canlyn nhw, ond yn lle hynny mae hi'n medru nofio ac anadlu fel pysgodyn!'

'Wyddoch chi beth? Mae peryg na chawn ni byth wared â hi!'

'Na, peidiwch â siarad fel yna. Mae'n rhaid fod yna ryw ffordd o'i lladd hi.'

'Ond rydan ni wedi trio pob ffordd bosib!'

'Do, efallai – ond beth am bobl y tu allan i'r Wibernant? Beth am gynnig gwobr fawr am ei lladd hi? Bydd hynny'n sicr o ddenu dynion dewr i geisio'i difa.'

8

Ac felly y bu. Er hynny, dim ond un a fentrodd i'r ardal i herio'r wiber. Owain ap Gruffydd, un o Wylliaid Hiraethog oedd hwn, un nad oedd ofn neb na dim arno. Cymeriadau ar y naw oedd y Gwylliaid, yn byw ar Fynydd Hiraethog ac yn casáu swyddogion y brenin – brenin Lloegr – ac yn torri pob un o'u rheolau yn fwriadol. Fe wyddoch am Robin Hood a Dafydd ap Siencyn, mae'n debyg. Wel, roedd y rhain yn debyg iawn iddyn nhw a'u dynion.

Cyn mynd at y nant lle'r oedd y wiber yn byw, aeth Owain at ddewin oedd yn byw mewn ogof ar ymyl Mynydd Hiraethog. Dyn rhyfedd oedd hwn. Roedd ganddo lawer o hen, hen lyfrau ac roedd pobl yn dweud ei fod o'n medru rheoli stormydd, codi ysbrydion pobl wedi marw a gweld beth oedd i ddod yn y dyfodol. Dyma pam yr aeth Owain ato, er mwyn gweld beth oedd yn mynd i ddigwydd iddo.

Er ei fod yn ddyn dewr iawn, doedd arno ddim llai nag ofn wrth fynd at yr ogof dywyll. Beth petai'r dewin wedi codi ysbrydion? Mynd i mewn wnaeth o beth bynnag, ac ym mhen draw'r ogof gallai weld llygedyn o olau a'r hen ŵr yn darllen un o'i lyfrau.

'Tyrd i mewn, Owain, roeddwn i'n dy ddisgwyl di!'

'Beth? Sut y gwyddech chi fy mod i'n dod i'ch gweld chi?'

'O, does yna ddim llawer o bethau yn yr hen fyd yma nad ydi Rhys Ddewin yn eu gwybod. Rwyt ti eisiau gwybod a fyddi di'n lladd y wiber ai peidio.'

'Ydw, ond sut . . . ?'

'Dwyt ti ddim yn mynd i lwyddo.'

'O, beth sy'n mynd i ddigwydd i mi felly?'

'Bydd y wiber yn dy frathu di.'

Roedd Owain wedi dychryn braidd ar ôl clywed hyn, oherwydd gwyddai na fethodd Rhys Ddewin erioed. Ac eto, roedd tro cyntaf i bopeth onid oedd? Felly, ymhen diwrnod neu ddau aeth yn ôl i'r ogof ond wedi gwisgo fel crwydryn blêr y tro hwn, fel na fyddai Rhys yn ei adnabod.

'Fedrwch chi ateb un cwestiwn syml i hen dramp tlawd, ddewin?'

'Gofyn, ac fe gei di weld.'

'Sut fydda i'n marw?'

'Dyna gwestiwn od!'

'Ie, ond rydw i am gael gwybod.'

'Wel, os wyt ti'n mynnu: syrthio wnei di a thorri dy wddf.'

Roedd Owain wrth ei fodd. Sgwariodd allan o'r ogof yn llanc i gyd. Onid oedd Rhys Ddewin yn anghywir? Fedrai o ddim marw mewn dwy ffordd wahanol. Dim ond un waith y medrai o farw!

Er mwyn cael hwyl am ben Rhys a phrofi ei fod yn anghywir eto, penderfynodd Owain fynd i'w weld y trydydd tro. Y tro yma roedd wedi gwisgo fel melinydd, efo barclod mawr gwyn o'i flaen a chlamp o locsyn smalio mawr i guddio'i wyneb.

'Pnawn da!'

'Sut hwyl sydd?'

'Iawn diolch, ond bod y wraig yn poeni am fy mod i'n felinydd. Mae hi'n poeni rhag ofn i mi syrthio o ben un o'r ysgolion yn y felin.'

'O ie?'

'Ie. Rydych chi'n ddewin. Fedrwch chi weld beth sy'n mynd i ddigwydd fory?'

'Medraf wrth gwrs!'

'Fedrwch chi ddweud sut fydda i'n marw?'

'Wrth gwrs – fe fyddi di'n boddi.'

'O ie!' meddai, gan dynnu'r locsyn a'r barclod. 'Dydych chi fawr o ddewin! Owain, y Gwylliad fu atoch chi wythnos yn ôl ydw i – a'r hen dramp hefyd!'

'Ie, fe wn i. Dydw i ddim yn wirion wsti.'

'Dydw innau ddim chwaith, i chi gael deall. Ddois innau ddim i lawr efo'r gawod ddiwethaf o law. Rydych chi wedi dweud fy mod i'n mynd i farw mewn tair ffordd wahanol – ac mae hynny'n amhosib!'

'Tybed?'

'Wrth gwrs ei bod hi – fedr neb farw drwy gael ei frathu gan wiber, wedyn torri ei wddf ac wedyn boddi! Twyllwr ydych chi – ac fe gaiff pawb wybod hynny ar ôl i mi ladd y wiber!'

'Gawn ni weld, ynte,' meddai Rhys, a golwg bell yn ei lygaid gleision. 'Amser a ddengys.'

Penderfynodd Owain, a oedd yn glamp o ddyn mawr cryf, ei fod am ladd y wiber efo bwyell drwy dorri ei phen. Gwisgodd ei ddillad Gwylliad gwyrdd a oedd yn ei guddio rhag dynion y brenin. Gobeithiai'n arw y byddent yn ei guddio rhag y wiber hefyd!

Sleifiodd i'r Nant i chwilio am y bwystfil. Bu'n chwilio am oriau ond doedd dim golwg o'r wiber. Yna, gwelodd ôl traed ar silff gul oedd yn mynd ar draws wyneb clogwyn mawr uwchben yr afon. Roedd wedi cael hyd i'w gwâl o'r diwedd!

Estynnodd y fwyell, a oedd yn finiog fel rasel, o'i wregys a chychwyn ar hyd y silff. Roedd ei galon yn ei wddf ond roedd yn rhy hwyr i droi'n ôl yn awr. Rhaid oedd mynd ymlaen. Clustfeiniodd, ond doedd dim i'w glywed. Yna'n sydyn sylwodd fod hynny'n beth od.

Doedd yr un aderyn na dim i'w glywed yma. Pam tybed? A oedd y wiber gerllaw . . . ?

Chafodd o ddim amser i feddwl mwy. Roedd silff arall uwch ei ben nad oedd o wedi ei gweld. Saethodd pen anferth y wiber amdano gan suddo'i ddannedd melyn, gwenwynig i'w fraich. Y peth olaf a deimlodd y Gwylliad oedd poen arswydus yn ei fraich dde. Gyda sgrech a fferrodd waed pobl yr ardal, syrthiodd oddi ar y silff gul. I lawr ac i lawr y clogwyn ag ef ac ar y ffordd trawodd ei wegil yn erbyn y graig gan dorri ei wddf fel matsien. Syrthiodd ei gorff llipa i'r dŵr tywyll ugeiniau o droedfeddi islaw a diflannodd am byth i'r dyfnderoedd.

Yn ei ogof, gwyddai Rhys Ddewin i'w eiriau ddod yn wir wedi'r cwbl. Roedd Owain ap Gruffydd wedi marw drwy gael ei frathu gan wiber, wedyn torri ei wddf ac wedyn boddi.

Pan welodd y Gwylliaid fod eu cyfaill wedi methu lladd y wiber, aeth y cwbl ohonynt i'r Nant fel un dyn, yn benderfynol o'i difa.

'Rhaid i ni ddial lladd Owain!'

'Mae gan bob un ohonom fwa cryf a digon o saethau. Rydan ni'n siŵr o'i lladd, er mor gryf ydi hi!'

'Angau i'r wiber!'

Aethant am y graig ac oherwydd fod pob un yn wyliadwrus tu hwnt, gwelwyd y wiber yn cuddio'n dorchau ar y silff uchaf cyn iddi gael cyfle i frifo'r un ohonyn nhw.

Hedfannodd cawod o saethau marwol am y wiber ond roedd ei chroen yn galed fel haearn Sbaen a syrthiodd y rhan fwyaf oddi arni ac i'r afon. Er hyn, aeth un neu ddwy drwy'r croen meddal oedd ar ei bol.

'Edrychwch! Mae'r wiber yn gwaedu!'
'Saethwch eto! Brysiwch!'
'Ie, saethwch da chi!'

Ond roedden nhw'n rhy hwyr. Trodd y wiber ar ei hochr a syrthio oddi ar y graig. Roedden nhw'n disgwyl ei gweld yn syrthio'n slwtsh i'r dŵr ond yn lle hynny hedfan i'r dŵr a diflannu iddo a wnaeth hi.

Buont yno am oriau lawer yn disgwyl i gorff y wiber godi i'r wyneb ond ni welwyd dim. Yn ôl rhai pobl, mendiodd drwyddi yn y dŵr ond treuliodd weddill ei hoes yn yr afon ac ni welodd neb mohoni wedyn, diolch byth. Erbyn hyn mae'r gwiberod mawr wedi hen ddiflannu o Gymru ond eto mae'n bosib fod hanes am un yn eich ardal chi. Beth am holi?

IFOR BACH

Wyth can mlynedd yn ôl, aeth gŵr o'r enw Gerallt Gymro ar daith o gwmpas Cymru gyfan gan sgrifennu am y pethau hynod a welodd ac a glywodd amdanynt ar y ffordd. Ac fe welodd o bethau rhyfedd! Gwelodd bysgod ag un llygad. Gwelodd garreg a oedd bob amser yn dychwelyd i'r eglwys lle cedwid hi, dim ots os teflid hi i ganol y môr hyd yn oed. Clywodd hefyd am fynach a fu'n byw gyda'r Tylwyth Teg pan oedd ef tua'ch oed chi. Mae Cymru'n wlad ddiddorol heddiw ond roedd yn fwy diddorol byth yr adeg honno!

Er ei fod yn hanner-Norman ei hun, edmygai Gerallt ddewrder y Cymry a oedd yn ymladd yn erbyn y Normaniaid i gadw eu rhyddid. Un o'r dewraf oedd Ifor ap Meurig, neu Ifor Bach, fel y gelwid ef. Roedd o'n byw tua hanner can mlynedd cyn Gerallt Gymro ond roedd pobl yn dal i sôn amdano.

Arglwydd Senghennydd, y fro rhwng afonydd Taf a Rhymni ym Morgannwg oedd Ifor ap Meurig. Fel y gallwch ddychmygu, chafodd o mo'r enw Ifor Bach am fod dros chwe throedfedd o daldra! Ond os oedd Ifor yn fach o ran corff, roedd ei ddewrder yn fawr.

Roedd Ifor Bach a'i wraig Nest, a oedd yn chwaer i'r Arglwydd Rhys, tywysog mwyaf nerthol y Deheubarth, yn byw yng Nghastell Coch yn Nhongwynlais. Saif y castell ar fryn uchel, coediog yn edrych i lawr ar Gaerdydd i'r de ac roedd yr olygfa honno'n dân ar groen Ifor. Yno'r oedd yr Iarll William, a oedd yn Norman balch, yn byw ac roedd byth a beunydd yn bygwth dwyn tir y Cymry oddi arnynt.

'Melltith ar yr Iarll yna! Mae o wedi anfon llythyr mewn Ffrangeg crand yn dweud ei fod am gymryd hanner fy nhir am fy mod yn gwrthod talu trethi iddo. Y bwytäwr malwod goblyn! Pam ddylwn i? Dim ond am ei fod o'n ffrindiau efo brenin Lloegr a bod ganddo fo fyddin anferth mae o'n meddwl y caiff o wneud fel y byd-fyw fynnith o.'

'Go dda ti, Ifor – paid ti â chymryd gan yr hen genau,' meddai Nest.

'Ie, fe gaiff o weld! Bydd yn edifar ganddo dynnu blewyn o drwyn Ifor ap Meurig. Mae gen innau fyddin ac mae deuddeg cant o filwyr dewr Morgannwg yn well o lawer na deuddeg mil o'i hen filwyr estron ef.'

'Sut hynny?'

'Yn un peth, maen nhw'n ddewr tu hwnt ac ar ben hynny maen nhw'n adnabod pob modfedd o fryniau a choedwigoedd Senghennydd. Fe fedran nhw daro'r gelyn a diflannu cyn i'r rheiny sylweddoli beth sy'n digwydd iddyn nhw.'

'Beth wnaiff ddigwydd os gwrthodi di roi'r tir iddo fo?'

'Yn ôl ei lythyr, mae'n dweud y daw i Gastell Coch, fy rhoi mewn cyffion a 'nhaflu i gell ym mherfeddion Castell Caerdydd. Wedyn, mae'r bwbach hyll yn dweud y cymer fy nhiroedd i gyd!'

'Wnei di ddim ildio iddo fo siawns?'

'Dim ffiars o beryg! Mae gen i gynllun fydd yn dangos i'r cadi-ffan Ffrengig 'na o Gaerdydd pwy ydi'r mistar. Mae'n bryd dangos mai trech gwlad nag arglwydd ydi hi yma yng Nghymru.'

'Ie wir, neu fyddwn ni ddim uwch na baw sawdl!'

Galwodd Ifor ar Hywel, ei gyfaill a'i filwr dewraf atynt, a buont yn trafod y cynllun ac yn astudio mapiau am oriau. O'r diwedd daethant i benderfyniad.

'Mae'n rhaid i mi dorri crib y ceiliog Ffrengig – a'r ffordd orau o wneud hynny ydi ei daflu ef i gell yma yng Nghastell Coch!'

'Go dda Ifor – gwneud yr union beth iddo ef y bu'n bygwth ei wneud i ti.'

I wneud yn siŵr, roedd Ifor Bach am gipio nid yn unig William ond hefyd ei wraig a'i fab a'u cludo i Senghennydd gan wrthod eu rhyddhau nes y byddai'r iarll a brenin Lloegr ei hun wedi addo y câi gadw ei dir i gyd.

'Mae'n gynllun mentrus iawn,' meddai Hywel. 'Efallai ei fod yn rhy fentrus. Mae llawer o broblemau yn ein wynebu cofiwch. Yn un peth, bydd Castell Caerdydd yn eithriadol o anodd ei gipio oherwydd mae muriau uchel o'i gwmpas a gwylwyr ar ben bob tŵr yn cadw llygad barcud am y symudiad lleiaf. Cofiwch hefyd fod byddin anferth o filwyr a marchogion yn y dref ei hun. Smic o sŵn a byddant ar ein gwarthaf a bydd wedi darfod arnom.'

Ond roedd Ifor Bach wedi meddwl am bopeth.

'Fe wn i hynny ac y mae mwy nag un ffordd o gael Wil i'w wely – neu Wil *o'i* wely yn yr achos hwn!'

'Sut felly?'

'Wel, does gennym ni ddim gobaith cipio William drwy ymosod ar y castell a'r dref, nagoes?'

'Nagoes, yn union.'

'Fel mae hi'n digwydd bod, mae Gwilym Foel wedi cael gwaith fel cogydd yn y castell ac ef sy'n paratoi'r bwyd i bawb sy'n byw yno.

'Wel myn diain i! Roeddwn i'n meddwl tybed lle'r oedd o wedi diflannu ers wythnosau bellach.'

'Ond Ifor,' meddai Nest, 'sut cafodd o waith yn y castell? Roeddwn i'n meddwl na châi'r un Cymro fynd ar gyfyl y lle, heb sôn am gael gwaith yno.'

'Roeddwn i'n amau y byddai rhywbeth fel hyn yn digwydd yn y diwedd, felly fe drefnais i iddo ddysgu siarad Ffrangeg a Saesneg. Fel y gwyddoch chi, mae Gwilym yn un eitha peniog ac fe ddysgodd eu siarad yn rhugl mewn dim amser. Dydi'r ffyliaid sy'n y castell ddim callach mai Cymro ydi'r cogydd newydd!'

'Pryd fyddwn ni'n mynd i Gaerdydd?' holodd Hywel. 'Fedra i ddim disgwyl gweld wyneb yr William yna pan gerddwn ni i'w lofft o!'

'Ymhen pythefnos. Fydd dim lleuad yr adeg honno ac felly wêl pobl y dref mohonom. Fe fydd Gwilym wedi gofalu rhoi rhywbeth yng nghawl y gwylwyr fel na welan nhw mohonom chwaith – ac nid garlleg fydd o!'

18

Roedd un broblem fawr i'w threchu fodd bynnag. Gan ei fod yn gweithio yng nghaer fewnol y castell, medrai Gwilym agor y drws hwnnw'n slei bach ond fedrai o ddim agor y porth mawr yn y waliau allanol. Byddai'n rhaid i'r Cymry ddringo drostynt felly.

'Ond maen nhw'n goblynnig o uchel. Fedrwn ni ddim mynd i lawr am Gaerdydd yn cario ysgolion hanner can troedfedd.'

'Mae Hywel yn iawn, Ifor. Byddai'r dynion wedi blino'n lân cyn cyrraedd a byddai rhywun yn sicr o'u gweld.'

Unwaith eto, fodd bynnag, roedd Ifor Bach wedi meddwl am ateb. Roedd wedi trefnu i gael gwneud ysgolion rhaff ysgafn y gellid eu cario a'u cuddio'n hawdd. Byddai un o'i ddynion yn taflu bach a rhaff i ben y wal a dringo i fyny honno cyn llusgo'r ysgolion rhaff i fyny i'r gweddill ei ddilyn.

Aeth y bythefnos cyn yr ymosodiad heibio'n gyflym a dynion o bob rhan o Senghennydd yn ymarfer dringo creigiau serth gyda'r ysgolion arbennig, nos a dydd. Gwyddent fod cyflymder a thawelwch yn holl-bwysig os oedd y cyrch beiddgar i lwyddo a hyd yn oed ar ôl ymarfer yn ddygn, gwyddent y gallai cant a mil o bethau fynd o'i le. Er hyn, roedd pawb yn awyddus i ddilyn Ifor Bach, cymaint oedd eu parch tuag ato, a medrodd yntau ddewis deg o filwyr eofn i fynd gydag ef am Gaerdydd.

Am un ar ddeg noson y cyrch, roedd y criw dewr yn sefyll y tu allan i furiau cadarn Castell Caerdydd.

Roedd yn noson niwlog, oer a phrin y gellid eu gweld gan eu bod yn gwisgo dillad duon ac wedi rhoi parddu ar eu hwynebau. Curai calon pawb fel drwm, ond doedd dim mymryn o ofn ar neb. Roedd yn rhaid i'r cyrch lwyddo, doed a ddelo. Gwyddent y byddai eu problemau i gyd drosodd os medrent gael gafael ar yr Iarll a'i deulu.

Daeth chwibaniad isel o'r tu mewn i'r castell. Hwn oedd yr arwydd y buont yn ei ddisgwyl gan Gwilym Foel. Gwyddent yn awr fod y gwylwyr i gyd yn cysgu'n drwm a bod y drws mewnol ar agor. Doedd dim eiliad i'w gwastraffu'n awr rhag ofn i rywun o'r dref eu gweld a nôl y fyddin.

'Meilir, ti ydi'r dringwr gorau. Tafla'r bach dros ben y wal! Pob lwc i ti fachgen – mae popeth yn dibynnu arnat ti yn awr.'

Fu ymarfer caled y pythefnos cynt ddim yn ofer fodd bynnag a chyn pen dim roedd Meilir yn dringo i fyny'r rhaff fel wiwer ac yn llusgo'r ysgolion arbennig ar ei ôl. Clymodd hwy'n gadarn ar ben y mur uchel ac o fewn dau funud roedd Ifor Bach a'i ddynion yn sefyll wrth ei ochr. Roedden nhw yng nghastell y gelyn heb i'r un enaid byw bedyddiol wybod eu bod yno!

Daeth y chwibaniad isel eto.

'Ifor! Ifor! Dilynwch fi.' Gwilym Foel oedd yno.

'Ble mae'r gwalch William yna'n cysgu?'

'Af â chi yno'n awr, gyda phleser.' Hyd yn oed yn y tywyllwch, medrai Ifor Bach weld y wên lydan oedd ar wyneb Gwilym.

Cysgai'r Iarll William, Hawise ei wraig a Robert eu mab mewn dwy lofft y drws nesaf i'w gilydd. Heb ddim lol, rhuthrodd Ifor i lofft yr Iarll a'r Iarlles.

'Noswaith dda! Wnaeth rhywun yma archebu cwpanaid o lefrith poeth?'

'*Mon dieu!* Beth? Pwy felltith . . . Beth ar wyneb y ddaear yw ystyr peth fel hyn? Wyddoch chi pwy ydw i?'

'Gwn yn iawn, y bwytäwr coesau llyffantod hyll. Ar dy draed y sgerbwd – rwyt ti a'r teulu'n dod am dro bach i'r wlad!'

Yn sydyn, sylweddolodd William pwy oedd y tu ôl i'r huddug.

'*Sacre bleu!* Ifor Bach! Fe gaiff pob un ohonoch eich crogi am hyn. Gofalaf y bydd pob un ohonoch yn cael eich crogi y tu allan i'r castell hwn ben bore fory. Wylwyr! WYLWYR! Dewch yma ar unwaith! Help!'

'Cau dy geg y ffŵl. Rwyt yn gwastraffu dy anadl. Wnaiff dy wylwyr mo dy glywed di heno. Chlywaist ti ddim am felys cwsg potes maip? Wel mae cwsg potes Gwilym Foel yn fwy melys byth!'

'Hawise, gwna rywbeth neu fe fydd yr anwariaid Cymreig yma'n mynd â ni oddi yma.'

'Edrychwch ddynion. Tydi o ddim mor ddewr rŵan, heb ei fyddin a brenin Lloegr y tu ôl iddo fo. Mae o'n gofyn i'w wraig ei amddiffyn o! Tyrd y llipryn – gwisga amdanat yn reit sydyn neu fe gei ddod efo ni yn y crys nos gwirion yna!'

Tra gwisgai William, Hawise a Robert amdanynt aeth rhai o ddynion Ifor i agor y glwyd fawr yn y mur allanol. O fewn deg munud i ddringo'r wal, roedd Ifor Bach a'r criw y tu allan i'r castell a'i gynllun wedi llwyddo.

Byddai'r cynllun wedi gweithio'n hollol ddi-lol oni bai i William faglu yn ei ofn a gwneud sŵn mawr. Dechreuodd ci gyfarth a chyn hir clywai'r criw sŵn milwyr mewn arfwisgoedd yn rhedeg ar eu holau wrth iddynt frysio heibio strydoedd tywyll Caerdydd.

'Lladron! Lladron! Mae criw o Gymry yn y dref!' Roeddent wedi eu gweld a bu'n rhaid rhedeg am y ceffylau a adawyd tua hanner milltir i'r gogledd, a'r gelyn ar eu gwarthaf.

Carlamu gwyllt wedyn am fryniau a choedwigoedd Senghennydd oherwydd gwyddai Ifor Bach a'i ddynion y byddent yn ddiogel yno. Feiddiai'r gelyn mo'u dilyn yno, yn enwedig yn y nos, rhag ofn syrthio i drap. Gwelent goedwig yn y pellter a chyn pen dim roeddent wedi diflannu iddi fel cysgodion a marchogion William yn dychwelyd am Gaerdydd yn waglaw, heb sylweddoli fod eu pennaeth gyda'r Cymry ac yn crynu o'i gorun i'w sawdl gan ofn.

Clöwyd William a'i deulu yng Nghastell Coch a gwrthododd Ifor eu rhyddhau nes yr addawai y câi gadw ei diroedd i gyd. A dweud y gwir, iau cyw iâr oedd gan William ac addawodd ar unwaith ond cymerodd rai wythnosau cyn i'r brenin gytuno.

Pan ryddhawyd William yn y diwedd roedd cryn dolc yn ei falchder Normanaidd a'i grib wedi ei dorri go iawn. Erbyn iddo gyrraedd yn ôl i'w gastell ei hun yng Nghaerdydd, a hynny ar ôl gorfod cerdded bob cam, roedd ganddo dipyn mwy o barch at y Cymry . . . ac at Ifor Bach yn enwedig!

Saif Castell Coch yn falch o hyd, oherwydd cafodd ei adnewyddu'n hardd yn ystod y bedwaredd ganrif ar bymtheg a hyd yn oed yn awr, wyth can mlynedd a mwy yn ddiweddarach, mae pobl yn dal i gofio am ddewrder Ifor Bach.

Maen nhw'n dweud i frenin Lloegr orfod talu crocbris am ryddhau William a'i deulu a bod Ifor wedi cuddio'r trysor mewn ogof o dan y castell. Dywedir bod tri eryr anferth yn gwarchod y trysor nes y bydd Ifor ddewr yn dychwelyd i'w hawlio.

Os byddwch chi yng nghyffiniau Caerdydd, ewch i ymweld â Chastell Coch. Mae'n werth ei weld a chewch ail-fyw hanes un o arwyr dewr ein cenedl a ddangosodd nad yw Cymro go iawn yn fodlon cael ei sathru dan draed.

DREIGIAU MYRDDIN EMRYS

Ganrifoedd lawer yn ôl, roedd y brenin Gwrtheyrn yn ddyn anhapus iawn. Bu'n frenin Prydain i gyd ar un adeg ond roedd ei elynion wedi ymosod arno o bob cyfeiriad a chollodd lawer o'i diroedd. Yn wir, roedd mewn perygl o golli mwy na'i diroedd: roeddent am ei waed a bu'n rhaid iddo ffoi am ei fywyd.

'Lle fuasech chi'n awgrymu i mi fynd i fod yn ddiogel rhag fy ngelynion?' gofynnodd i'w wŷr doeth.

'Mynyddoedd uchel Eryri, eich mawrhydi,' oedd yr ateb. 'Byddwch ymhell oddi wrth eich gelynion yno ac ni lwyddant i'ch darganfod byth.'

'Dyna awgrym gwerth chweil. Dyna a wnawn ni.'

Penderfynodd y brenin adael ei lys ysblennydd am byth a mynd am Wynedd. Aeth â'i holl drysorau gydag ef ac roedd angen ugeiniau o geffylau i gludo'i aur ac arian. Daeth cannoedd lawer o bobl i'w ganlyn hefyd ac yn eu plith roedd crefftwyr o bob math – yn seiri coed, seiri maen, plastrwyr a thowyr. Roedd angen y rhain i gyd oherwydd roedd Gwrtheyrn am gael llys newydd. Roedd wedi darganfod bryn anghysbell wrth droed yr Wyddfa ac oddi yno gellid gweld am filltiroedd i bob cyfeiriad, felly ni allai'r un gelyn ymosod yn ddirybudd. Ar ben hyn roedd creigiau serth o'i gwmpas i'w wneud yn gastell naturiol.

Aeth y crefftwyr ati'n ddiymdroi i dorri sylfeini dyfnion er mwyn codi'r llys brenhinol newydd. Er bod y bryn ymhell o bobman a chreigiau uchel yn ei amddiffyn, roedd Gwrtheyrn yn benderfynol o godi caer gadarn a diogel ac aeth i weld y gwaith.

'Mae'r gwaith adeiladu wedi cychwyn heddiw, eich mawrhydi,' meddai'r pensaer.

'Da iawn wir. Mae gennych weithwyr ardderchog sy'n gweithio'n galed. Os gorffennir y gwaith cyn y gaeaf bydd rhodd hael i bob un ohonynt, a hynny ar ben eu cyflog.'

'Rydw i'n siŵr y byddan nhw'n gweithio'n galetach fyth ar ôl clywed hynna! Diolch i chi syr.'

Yn ystod y nos, fodd bynnag, digwyddodd rhywbeth rhyfedd iawn.

'Beth aflwydd sydd wedi digwydd?'

'Mae'r holl gerrig a'r waliau godon ni ddoe wedi disgyn!'

'Pwy wnaeth hyn? Fe weithiais i'n galed ddoe – tydi hyn ddim yn ddigri.'

'Edrychwch mewn difri calon, mae pob carreg godon

ni ddoe wedi cael ei thaflu i lawr y bryn. Bydd yn rhaid dechrau o'r dechrau eto!'

Roedd y digwyddiad yn ddirgelwch llwyr, ond aed ati i ailgodi'r waliau a chwalwyd. Ond roedd y cyfan yn ofer. Erbyn trannoeth roedd y cwbl ar chwâl unwaith yn rhagor.

'Pwy felltith sydd wrthi? Mae angen criw i wneud y fath lanast, ond pwy ydyn nhw?'

'Fe hoffwn i wybod pwy sy'n gwneud – fe hanner lladdwn i nhw!'

'Dydi hyn ddim yn hwyl. Chawn ni byth orffen cyn y gaeaf fel hyn a chael yr anrheg addawodd Gwrtheyrn i ni.'

Unwaith eto aeth y dynion ati i ail-wneud y gwaith a ddifethwyd a'r noson honno arhosodd pawb yn effro gan amgylchynu'r bryn. Gobeithient ddal y cnafon oedd yn malu'r waliau ond welwyd neb a meddylient fod eu gwaith wedi cael llonydd o'r diwedd. Gallwch ddychmygu eu siom pan aethant at eu gwaith drannoeth a gweld y cwbl wedi'i chwalu unwaith yn rhagor.

'Dyna fo! Rydw i wedi cael llond bol ar hyn.'

'A finnau! Dydw i ddim yn mynd i godi'r wal yna eto, dim ond er mwyn i ryw lembo gael hwyl wrth ei chwalu hi.'

'Choda i ddim carreg nes gweld pwy sydd wrthi.'

'Yn union. Streic amdani hogiau. Os na fedr y brenin ofalu na chaiff neb gyffwrdd pen bys yn ein gwaith o hyn ymlaen, fyddwn ninnau ddim yn cyffwrdd mewn na thriwal na rhaw.'

Dychrynodd Gwrtheyrn pan glywodd hyn oherwydd teimlai'n ansicr iawn heb gaer gadarn i fyw ynddi. Gwyddai fod ei elynion yn dal i chwilio amdano a'i fod mewn perygl. Galwodd ei wŷr doeth ato unwaith yn rhagor.

'Gwyddoch i gyd pam y cawsoch eich galw heddiw. Mae'n rhaid datrys y dirgelwch hwn cyn ei bod yn rhy hwyr. Oes gennych chi unrhyw awgrymiadau?'

Bu distawrwydd llethol am funud neu ddau.

'Wel . . . mae'n amlwg nad pobl o gig a gwaed fel chi a minnau sy'n dymchwel y waliau. Byddai angen criw mawr ac yn sicr ddigon byddai rhywun wedi eu gweld neithiwr.'

'Pwy sydd wrthi felly?' meddai'r brenin yn ddiamynedd.

'Ysbryd drwg dybiwn i. Mae'n byw yn y bryn ac mae'r gwaith adeiladu yn aflonyddu arno.'

'Ie'n bendant, eich mawrhydi,' meddai un arall.

'Os felly, sut mae cael gwared ag o?' meddai Gwrtheyrn.

'Dyna gwestiwn anodd iawn. Ran amlaf mae'n rhaid rhoi anrheg i ysbryd fel hyn – aberth o ryw fath.'

'Rhaid. Mae hwn yn ysbryd cryf a pheryglus iawn. Bydd angen aberth arbennig i'w fodloni.'

'Beth fyddech chi'n awgrymu?'

'Plentyn, syr – ac nid unrhyw blentyn chwaith. Bydd yn rhaid cael plentyn a aned heb dad.'

'Ond mae hynny'n amhosib!' meddai Gwrtheyrn. 'Lle cawn ni blentyn o'r fath?'

'Bydd yn rhaid chwilio'n ddyfal, syr, ac ar ôl cael hyd iddo, dod ag ef yma, ei ladd a thaenu ei waed ar hyd y sylfeini.'

'Ych-a-fi!'

'Mae arnaf i ofn, eich mawrhydi, mai dyna'r unig ffordd. Os gwnewch chi hynny, cewch godi eich castell heb unrhyw drafferth a byddwch yn ddiogel am byth.'

Galwodd Gwrtheyrn ei bobl i gyd at ei gilydd a dweud wrthynt beth oedd cyngor y gwŷr doeth.

'Bydd hon yn dasg anodd iawn ei chyflawni, fy mhobl, ond y mae gwobr fawr yn disgwyl y sawl gaiff hyd i'r plentyn hwn. Rwyf yn addo y caiff ei bwysau ei hun mewn aur!'

Aeth cynnwrf mawr drwy'r dorf o glywed am y fath gyfoeth. Aed ati ar unwaith i gyfrwyo ceffylau cyflym a hel dillad ac offer ynghyd i fynd ar daith hir. Gofalwyd mynd â digon o fwyd ac roedd gan bob un babell oherwydd byddent yn mynd i fannau anial ac anhygyrch iawn, heb na thŷ na thwlc i'w cysgodi. Cyn pen dim roedd y criw anturus wedi gadael, rhai'n mynd i'r gogledd, eraill i'r de, rhai i'r gorllewin i gyfeiriad y machlud ac eraill mwy mentrus fyth yn mynd am y dwyrain a thiroedd gelynion Gwrtheyrn.

Daeth yr haf hwnnw i ben. Dechreuodd y dail droi eu lliw yn goch, melyn ac oren hardd ond doedd dim golwg fod yr un o'r chwilotwyr yn dychwelyd. Cododd gwyntoedd yr hydref a chwalu'r dail i bob cyfeiriad. Oerodd y tywydd a gwelwyd yr eira cyntaf ar gopa'r Wyddfa. O ddydd i ddydd deuai'n is i lawr y mynydd a chyn hir roedd Eryri oll wedi ei gorchuddio gan flanced wen, drwchus. Yn ei wersyll wrth droed y bryn, swatiai Gwrtheyrn wrth danllwyth o dân, yn ysu am weld dychweliad ei ddynion gyda'r plentyn gwyrthiol. Heb furiau cadarn o'i gwmpas, teimlai'n wan a diamddiffyn. Roedd mwy nag oerfel y tywydd yn gwneud iddo grynu.

Yna, un diwrnod, deffrowyd y brenin gan gythrwfl mawr. Am eiliad, rhwng cwsg ac effro, meddyliodd fod ei elynion wedi cael hyd iddo ac estynnodd am ei gleddyf. Yna sylweddolodd beth oedd y bobl yn weiddi.

'Mae Dafydd Goch yn ei ôl!'

'Mae Dafydd yn ôl – a hogyn dieithr efo fo.'

'Brysiwch! Mae Dafydd wedi dychwelyd.'

Rhuthrodd Gwrtheyrn i wisgo amdano a mynd allan at Dafydd Goch a'r bachgen dieithr. Ai hwn oedd yr un yr oedd pawb yn chwilio amdano?

'Fy mrenin,' meddai Dafydd yn falch, 'credaf fy mod wedi cael hyd i'r bachgen a ddisgrifiwyd gan eich gwŷr doeth.'

Edrychodd Gwrtheyrn yn ddigon amheus arno. Doedd dim arbennig ynglŷn â'r bachgen ac ofnai fod Dafydd Goch yn ceisio'i dwyllo.

'Sut wyddost ti mai hwn yw'r un?'

'Wel, eich mawrhydi, crwydrais y wlad i gyd yn chwilio am blentyn fel yr un a ddisgrifiwyd – un wedi ei eni heb dad. Ond roedd fy holl chwilio'n ofer, nes i mi gyrraedd tre ddieithr yn y de. Roeddwn i'n chwilio am lety dros nos pan glywais ddau blentyn yn ffraeo. Roedd un yn brolio wrth y llall fod ei dad yn gallu gwneud pob math o gampau a'r llall yn dweud mai celwydd oedd y cwbl, na fedrai ei dad wneud hanner y pethau a ddywedai. "Hy!" meddai'r llall, "dwyt ti ond yn genfigennus am nad oes gen ti dad! Mae Mam yn dweud na fu gen ti dad erioed o ran hynny, os nad oedd o'n ysbryd." Pan glywais i hynny, fe wyddwn fod fy chwilio mawr ar ben a gafaelais yn y bachgen a chychwyn am adref.'

'Ydi hyn i gyd yn wir?' meddai Gwrtheyrn wrth y bachgen.

'Ydi, syr.'

'Beth ydi dy enw di 'ngwas i?'

'Myrddin, syr – Myrddin Emrys. Ac fe wn i pam y daeth Dafydd Goch â mi yma . . . '

'Beth? Sut y gwyddost ti?'

'O, fe wn i lawer o bethau. Rydych chi'n bwriadu fy lladd, on'd ydych, ac yna taenu fy ngwaed dros sylfeini eich caer i blesio ysbryd sydd i fod i fyw ar gopa'r bryn.'

'Wel . . . '

'Fe fyddwch yn fy lladd i'n ofer os gwnewch chi hynny. Credwch chi fi, does dim ysbryd ar ben y bryn yna. Pwy ddywedodd y fath ffwlbri wrthych chi?'

'Fy ngwŷr doeth – ond beth ydi hynny i gyw bach fel ti?'

'Ffyliaid ydyn nhw, syr. Wyddon nhw ddim am beth maen nhw'n sôn. Os lladdwch chi fi a rhoi fy ngwaed ar y gaer, wnaiff o ddim gwahaniaeth o gwbl. Dal i ddisgyn wnaiff y gaer. Ffyliaid ydi'ch gwŷr doeth i gyd!'

O glywed hyn, fedrai un o'r rheiny ddal dim mwy.

'Peidiwch â gwrando arno fo, syr! Ceisio achub ei hun y mae o. Beth ŵyr hwn – fedr o ddim bod dim mwy na saith oed. Ac ar ben hynny, welodd o erioed mo'r lle yma o'r blaen, felly beth ŵyr o am ysbrydion?'

'Ie,' meddai un arall. 'Lladdwch o eich mawrhydi, er mwyn gorffen y gwaith adeiladu a chael castell diogel i chi.'

'Maen nhw'n iawn,' meddai Myrddin, 'wn i ddim am ysbryd ar ben y gaer . . . '

'Fe ddywedon ni, do!'

'Ond wyddon nhw ddim chwaith!' meddai Myrddin. 'Nid ysbryd sy'n gwneud i'ch caer ddisgyn, syr, ond dwy ddraig sy'n byw mewn llyn o dan y bryn. Maen nhw'n ymladd efo'i gilydd bob nos nes ysgwyd yr holl

32

fryn a chwalu'r sylfeini.'

'Rwtsh!'

'Ie wir. Os credwch chi hynna, fe gredwch chi rywbeth, eich mawrhydi.'

'Arhoswch am funud,' meddai Gwrtheyrn, 'gadewch i Myrddin orffen.'

'Os tyllwch o dan y gaer fe gewch hyd i ddwy ddraig. Mae un wen ac un goch yno. Cynrychioli'r Saeson y mae'r un wen a'r un goch yn cynrychioli'r Cymry. Mae'r un wen yn ymladd yn ffyrnig tu hwnt ar hyn o bryd a bron â threchu'r un goch – ond y ddraig goch wnaiff ennill yn y diwedd. Os gollyngwch hwy'n rhydd fe gânt ymladd yn rhywle arall a bydd eich caer yn ddiogel.'

'Lladdwch o syr! Peidiwch â gwrando ar fwy o'i gelwyddau.'

Ond roedd Gwrtheyrn yn hoffi'r bachgen ac er mor ifanc oedd o, fe wyddai rywsut ei fod yn dweud y gwir.

'Dyma fy mhenderfyniad. Awn i ben y bryn a chaiff y gweithwyr dyllu yno i chwilio am y dreigiau. Os nad ydynt yno, caiff Myrddin ei ladd ond os ydynt, *chi* fy ngwŷr doeth fydd yn marw. Dewch, awn i ben y bryn.'

Dilynodd pawb y brenin i ben y bryn a'r unig sŵn i'w glywed oedd rhofiau, ceibiau a throsolion y gweithwyr yn taro'n erbyn ambell garreg wrth iddynt dyllu'n ddyfnach ac yn ddyfnach i'r ddaear galed.

'Maent wedi tyllu i lawr ddeg troedfedd yn barod, syr, a does dim golwg o ddreigiau!'

'Gwastraff amser ac egni yw hyn, eich mawrhydi.'

'Ia wir – lladdwch Myrddin yn awr ac fe gewch ddechrau adeiladu fory. Codi llys yw'r bwriad yn y fan yma, nid tyllu anferth o bydew!'

Ar hynny daeth bloedd fawr.

'Dŵr! Mae dŵr yng ngwaelod y twll! Roedd Myrddin yn iawn. Mae llyn o dan y gaer.'

Ac roedd Myrddin yn llygad ei le. Fe gafwyd dreigiau yn y llyn tanddaearol – un wen ac un goch. Y ddraig goch honno yw'r union un a welir ar faner Cymru heddiw oherwydd iddo ddweud y byddai'n trechu draig wen Lloegr un diwrnod.

Os ewch chi at y bryn heddiw fe welwch chi olion y gaer a godwyd yno gan Gwrtheyrn, ond wnaeth o ddim byw yno. Yn lle hynny rhoddodd y gaer yn anrheg i Myrddin Emrys a'r enw arni hyd heddiw ydi Dinas Emrys. Chwiliodd Gwrtheyrn am le arall i fyw a chanfod dyffryn cul mewn mynyddoedd uwchlaw'r môr. Yr enw ar y dyffryn hwnnw hyd heddiw ydi Nant Gwrtheyrn, ond stori arall ydi hanes ei gaer yn y fan honno. A stori arall hefyd ydi sut y tyfodd Myrddin yn ddewin nerthol – y mwyaf nerthol yn y wlad i gyd – a dod yn ddewin y Brenin Arthur ei hun.

O ie – un peth arall. Pan ewch chi i Ddinas Emrys, cofiwch edrych ar y beddau wrth droed y bryn. Ond beddau pwy ydi'r rheiny meddech chithau. Wel, beddau'r gwŷr doeth nad oedd mor ddoeth â Myrddin wrth gwrs!

TALIESIN

Pladres o ddynes fawr flin yn byw yn ardal y Bala oedd Ceridwen. Roedd hi'r math sy'n medru eistedd yn edrych ar gartwnau heb wên ar ei hwyneb. Dynes sych eithriadol oedd hi, ond doedd dim rhyfedd – roedd hi'n wrach. Fel y gwelwch chi'n aml, titw o ddyn bach di-nod oedd ei gŵr hi, Tegid Foel. Fel y gallwch chi ddychmygu, doedd ganddo fo ddim llawer o wallt chwaith!

Roedd ganddyn nhw ddau o blant – Morfran a Creirfyw. Roedd Creirfyw y plentyn bach dela welsoch chi erioed, ond am Morfran, roedd o'n hyll fel pechod. Fe roeson nhw'r ffugenw Afagddu iddo am ei fod o'n edrych yn ddu ar bawb. Byddai plant yr ardal i gyd yn rhedeg i'r tŷ'n sgrechian pan oedden nhw'n ei weld o. A dweud y gwir, roedd o'n gwneud i Ceridwen hyd yn oed edrych yn ddel.

'Mae'n rhaid i ni wneud rhywbeth ynglŷn ag Afagddu, Tegid.'

'Rhaid, cariad.'

'Wel, beth?'

'Chi ŵyr cariad – wedi'r cwbl rydych chi'n wrach.'

'Ydw, tydw . . . A ia, fe wn i, fe gasgla i bob blodyn a phlanhigyn prin a thlws yn y sir. Bydd rhai yn rhoi harddwch, rhai yn rhoi nerth ac eraill yn rhoi doethineb. Ar ôl eu berwi nhw, fe gaiff Afagddu yfed y dŵr a newid yn llwyr. Cytuno?'

'Ydw, cariad.'

Aeth Ceridwen ati i ddarllen ei llyfrau hud i weld pa blanhigion yn union roedd arni eu hangen. Byddai'n beth ofnadwy casglu blodyn anghywir a gwneud Afagddu'n waeth nag oedd o'n barod!

'Daria las!'

'Beth sydd cariad?'

'Mae o'n dweud yn y fan yma fod eisiau berwi'r dail a'r blodau am flwyddyn a diwrnod, nes nad oes ond tri diferyn ar ôl ac wedyn yfed y rheiny.'

'Wel am drafferth ynte?'

'Ie, ond fe fydd o'n rhywbeth i chdi ei wneud!'

'Fi? O na! Rydw i'n llawer rhy brysur. Mae'r tŷ yma angen ei llnau o'r top i'r gwaelod . . . '

'Reit, y cadi-ffan, fe gaf i rywun arall i ofalu am y swyn.'

Ac felly y bu hi. Cafwyd hogyn ifanc o'r enw Gwion Bach a hen ŵr dall o'r enw Morda i wneud y gwaith. A gwaith caled oedd o hefyd. Roedd yn rhaid gofalu bod digon o goed ar gael drwy'r amser i gadw pair hud Ceridwen yn ffrwtian berwi ddydd a nos.

Aeth y dyddiau, yr wythnosau a'r misoedd heibio a Gwion a Morda'n gofalu torri coed, huddo'r tân yn y nos a llnau lludw'n y bore. Oherwydd y prysurdeb, aeth y flwyddyn heibio'n eitha cyflym.

Ymhen blwyddyn a diwrnod roedd Gwion a'r hen ŵr wrthi'n gofalu am y crochan fel arfer. Roeddent yn disgwyl Ceridwen yn ôl o'r goedwig unrhyw funud, oherwydd roedd hi wedi mynd i hel caws llyffant i de. Hwn oedd y diwrnod mawr a'r gymysgedd dŵr-a-dail yn barod bellach.

Efallai fod gan Gwion ormod o dân o dan y crochan. Pwy a ŵyr? Dyma andros o glec . . . a thri diferyn berwedig yn glanio'n ddel ar fys Gwion Bach.

'Aaaaw!' meddai, gan roi ei fys yn ei geg i'w oeri, 'roedd hwnna'n boeth!' Wedyn dyma fo'n sylweddoli'r hyn oedd o wedi ei wneud. Roedd o wedi llyncu'r tri diferyn hud oedd wedi eu bwriadu ar gyfer Afagddu! Edrychodd i'r crochan rhag ofn bod yna ddiferyn neu ddau ar ôl i'r hen ewach anghynnes, ond doedd dim yno. Mewn gwirionedd roedd y crochan wedi cracio yn y gwres. Byddai Ceridwen yn gandryll! Beth wnâi o?

'Beth oedd yr holl weiddi yna?'

Roedd Ceridwen wedi clywed ac yn brysio'n ôl! Roedd hi wedi darfod arno fo! Sgrialodd am y coed a gadael Morda ar ôl efo'r llanast.

'Gwaith blwyddyn wedi mynd yn ofer! Beth wyddost ti am hyn y penci?' bloeddiodd y wrach gan roi andros o fonclust i'r hên ŵr.

'Dim! Y cwbl wnes i oedd clywed Gwion Bach yn gweiddi rhywbeth am losgi ei fys.'

'Reit! Fo sydd wedi llyncu'r diferion hud. Pan gaf afael ynddo fo, fe fydd ei groen o ar y pared!'

Erbyn hyn roedd Gwion wedi darganfod fod ganddo fo allu arbennig iawn ar ôl y ddamwain. Medrai newid ei siâp ac oherwydd ei fod yn clywed Ceridwen yn taranu dod drwy'r coed y tu ôl iddo, trodd ei hun yn sgwarnog.

'O-ho! Meddwl y medri di ddianc fel'na, ia'r cena? Mae gen innau dric neu ddau i fyny fy llawes hefyd.' A throdd Ceridwen ei hun yn filgi a mynd ar ôl y sgwarnog.

Roedd dannedd miniog y ci ar fin cau'n glep am ei gynffon pan welodd Gwion afon. Taflodd ei hun yn bendramwnwgl i'r dŵr gwyllt a'i droi ei hun yn frithyll.

'Hy! Chaiff rhyw silidón fel'na mo'r gorau arnaf i!' Newidiodd y wrach ei hun yn ddyfrgi a nofio'n gyflym ar ôl y pysgodyn.

Unwaith eto roedd hi ar fin ei ddal pan neidiodd y brithyll yn uchel o'r dŵr a throi'n golomen.

'Wel, mae o'n sydyn iawn, ond rof i mo'r ffidil yn y to chwaith.' Dyma Ceridwen hithau allan o'r dŵr a throi'n hebog ffyrnig.

Aeth i fyny i'r entrychion gan chwilio am y golomen ac o'r diwedd fe'i gwelodd ymhell oddi tani. Ymestynnodd ei chrafangau miniog a phlymio fel carreg am Gwion. Yn lwcus iddo fo, gwelodd gysgod yr hebog yn dod amdano ac ar yr eiliad olaf aeth i'r ochr a chwilio am le i guddio.

Chwyrlïodd Ceridwen i'r ddaear a dechrau chwilio amdano.

'Lle felltith aeth o rŵan eto? Rydw i'n siŵr mai i gyfeiriad y sgubor acw y gwelais o'n mynd.'

Roedd hi'n iawn. Aethai Gwion i'r sgubor a gweld tocyn o wenith ar lawr. O'r diwedd! Dyma'r union le i guddio. Medrai ei droi ei hun yn ronyn o wenith a fedrai Ceridwen byth ei ddarganfod yng nghanol y miloedd eraill.

'Does dim byd ond gwenith yn y fan yma . . . 'Sgwn i ydi o wedi troi ei hun yn ronyn gwenith? Wel os ydi o, fe wn i beth i'w wneud.'

Wyddoch chi beth wnaeth hi? Trodd ei hun yn iâr ddu a sglaffiodd y gwenith i gyd – gan gynnwys Gwion druan!

Ymhen amser cafodd Ceridwen fabi ac roedd hi'n gwybod mai Gwion Bach oedd o mewn gwirionedd. Roedd yr hen jadan yn meddwl ei ladd o, ond roedd o'n beth bach mor dlws, fedrai hi hyd yn oed ddim gwneud hynny.

'Ond dydw i ddim eisiau ei gadw fo chwaith! Yli del ydi hwn o'i gymharu ag Afagddu. Fel hyn yr oedd o i fod i edrych ond yn lle hynny mae o'n mynd yn hyllach bob dydd.'

'Ydi cariad.'

'Ydi cariad, wir! Beth ydw i'n mynd i wneud?'

'Wn i ddim wir cariad . . . Rhoi clwt glân iddo fo ella, ia?'

'Chdi â dy glwt glân! Rwyt ti fel cadach llestri dy hun! Na, mae'n rhaid cael gwared â hwn. Dos o 'ngolwg wir i mi gael meddwl.'

Ar ôl meddwl am sbel penderfynodd roi'r babi mewn cwrwgl a'i wthio allan i'r môr i gymryd ei siawns. Roedd y llanw'n gryf a chyn pen dim doedd y cwrwgl yn ddim ond smotyn ar y gorwel. Aeth Ceridwen adref at ei theulu ac anghofio amdano.

Ond nid dyma ddiwedd y stori o bell ffordd. Yr adeg hynny roedd tir sych ym Mae Aberteifi, rhwng Aberdaron a Thyddewi. Enw'r wlad honno oedd Cantre'r Gwaelod a'i brenin oedd Gwyddno Garanhir. Enw ei fab o oedd Elffin ac roedd o fel dyn dwy law chwith. Fedrai o wneud dim byd yn iawn a doedd gan ei dad, y brenin, fawr o amynedd efo fo.

Roedd gan Gwyddno gored neu drap pysgod yn y Borth ger Aberystwyth. Un dda iawn oedd y gored hon a daliai lawer o bysgod, yn enwedig ar ddiwrnod cyntaf mis Mai am ryw reswm.

'Yli, 'ngwas i, fe gei di'r pysgod i gyd i'w gwerthu'r Calan Mai nesaf yma. Defnyddia di'r arian i fynd ar dy wyliau.'

Roedd ei dad yn gobeithio cael dipyn o lonydd ydych chi'n gweld.

'Ew, diolch Dad!'

Diwrnod cyntaf mis Mai aeth Elffin i lan y môr i weld faint o bysgod oedd yn y gored. Am nad oedd o'n gweld yn dda iawn, ac am nad oedd sbectol wedi cael ei dyfeisio eto, baglodd ar draws rhywbeth yn y gored. Aeth ar ei ben i'r môr nes ei fod yn wlyb at ei groen.

'Beth nesa! Mae'r lembo wedi syrthio i'r môr rŵan ac mae'n siŵr ei fod o'n medru nofio fel bricsan.'

Tynnwyd ef allan gan ei dad a gwelodd nad oedd yr un pysgodyn yn y gored y tro hwn, dim ond y cwrwgl a faglodd Elffin.

'Beth ydi o Dad? Math o bysgodyn?'

'Pysgodyn wir! Pwy faga blant! Cwrwgl ydi o. Dos i edrych oes yna rywbeth ynddo fo wir.'

'Dad! Dad! Mae yna fabi ynddo fo!'

'Babi? Beth wyt ti'n eu ruo rŵan eto?'

'Oes, wir-yr! Ac mae o'n beth bach del. Roeddwn i i fod i gael y pysgod oedd yn y gored heddiw – felly gaf i gadw'r babi yma yn eu lle nhw?'

'Wel, cei am wn i. Beth wyt ti am ei alw fo?'

'Taliesin, am fod ganddo fo wyneb tlws.'

Cyn pen dim gwelwyd fod Taliesin yn un galluog tu hwnt, yn gwybod popeth oedd wedi bod ac a oedd i ddod. Tyfodd yn fardd enwog iawn a llawer tro y dywedodd Elffin ei fod yn falch mai Taliesin gafodd o yn y gored ac nid llwyth o fecryll drewllyd – er na chafodd o fynd ar ei wyliau a chael india-roc a lliw haul!

GWRACHOD LLANDDONA

Wyddoch chi beth ydi gwrach? Rydym yn tueddu i feddwl amdani fel hen, hen ddynes hyll efo croen melyn wedi crebachu, a thrwyn a gên hir bron â chyfarfod â'i gilydd. Ran amlaf mae hi'n gwisgo dillad hir, du a het bigfain am ei phen ac mae ganddi lais gwichlyd, annifyr. Wrth ei hymyl hi'n aml iawn bydd llyngyren o gath denau, ddu sy'n edrych fel petai'n barod i dynnu'ch llygaid o'ch pen. Mae ambell un hefyd yn hedfan ar ysgub. Efallai mai dyna pam nad ydym ni'n gweld gwrachod heddiw, oherwydd nad oes neb yn gwneud ysgubau ac y mae'n anodd iawn cael brws llawr neu sugnydd llwch i hedfan!

Eto, doedd pob gwrach ddim yn hen ac yn hyll. Roedd rhai yn ifanc ac yn ddel ac ambell ddyn yn wrach hyd yn oed. Mae yna sôn bod rhai ardaloedd yn llawn gwrachod ac yn Sir Fôn roedd pentref cyfan o wrachod! Enw'r pentref hwnnw ydi Llanddona a dyma'r hanes . .

* * *

Un tro roedd pysgotwr yn eistedd ar garreg ar lan y môr yn Nhraeth Coch. Bu'r tywydd yn stormus iawn ac roedd ei rwydi'n gareiau ac angen eu trwsio. Roedd wrthi'n ddygn pan glywodd lais yn galw o gyfeiriad y môr.

'Helpwch ni! Rydan ni wedi colli ein rhwyfau a'n hwyliau yn y storm!'

'Arhoswch am funud bach!'

'Brysiwch ddyn, taflwch raff i ni gael glanio! Rydan ni bron â thagu eisiau diod.'

Yn sydyn, cofiodd y pysgotwr am hanes a glywsai gan hen ŵr o'r ardal flynyddoedd ynghynt. Mewn ambell wlad, os oedd gwrachod yn mynd dros ben llestri a gwneud gormod o ddrygau, caent eu rhoi mewn cychod heb rwyfau na hwyliau a'u gyrru allan i'r môr heb fwyd na diod.

Argoledig! Efallai mai gwrachod oedd y criw yma! Taflodd raff tuag atyn nhw ond gwnaeth yn sicr na fyddai'n eu cyrraedd.

'Mae'r rhaff yn rhy fyr! Bydd yn rhaid i mi fynd adref i nôl un arall. Fydda i ddim dau funud.'

Ac i ffwrdd ag ef a'i wynt yn ei ddwrn. Ond doedd o ddim yn bwriadu nôl rhaff. Yn lle hynny rhuthrodd o gwmpas tai'r cymdogion yn gweiddi nerth esgyrn ei ben fod haid o wrachod yn ceisio glanio ar y traeth.

Gafaelodd pawb yn yr erfyn agosaf i law a charlamu am lan y môr, yn chwifio pladuriau, picffyrch a chrymanau.

Erbyn hyn roedd y gwrachod bron â glanio oherwydd roedd y llanw'n eu golchi i'r lan a hwythau'n defnyddio'u dwylo fel rhwyfau.

'Chewch chi ddim dod yma! Ewch oddi yma! Dydan ni ddim eisiau gwrachod yn ardal Llanddona!'

'Fflamia chi! Dyn a'ch helpo chi pan laniwn ni!'

'Hy! Dyn a'ch helpo *chi* os glaniwch chi. Fe gewch chi flas y pladur yma ar eich gwar!'

'Gadewch i ni gael diod o ddŵr o leiaf. Fe awn ni o'ch golwg chi wedyn.'

'Dim coblyn o beryg! Fe wyddon ni am eich triciau chi a'ch tebyg. Mae digon o ddŵr yn y môr – yfwch hwnnw. Ewch o'n golwg ni!'

'Melltith arnoch chi, bobl Llanddona!'

Ond dyma awel yn codi'n sydyn ac yn chwythu'r cwch i'r lan. Prin fod eu traed ar dir sych nad oedd y gwrachod yn defnyddio'u swynion i greu ffynnon ac yn slochian y dŵr oer, clir. Dychrynodd y bobl leol wrth weld hyn a rhuthro am adref.

Aeth y gwrachod i fyw i Landdona a chyn bo hir roedd y pentrefwyr yn gadael. Pan felltithiodd y gwrachod nhw, doedden nhw ddim yn siarad ar eu cyfer. Byddent yn sgrifennu enw unrhyw un oedd wedi eu pechu ar ddarn o lechen a'i daflu i'r ffynnon ar y traeth. Mae honno'n dal yno a'i henw ydi Ffynnon Oer. Os oedd enw rhywun yn y ffynnon, câi ei daro'n wael ofnadwy, byddai'r llefrith yn suro ac yn y diwedd byddai'r anifeiliaid i gyd yn marw. Oherwydd hyn, pan fyddai'r gwrachod yn mynd i ffermydd lleol i ofyn am sachaid o datws neu ddarn o gig, dim ond rhywun dewr

– neu wirion iawn – oedd yn meiddio'u gwrthod. Yn y diwedd, dim ond y gwrachod a'u teuluoedd oedd ar ôl yn y pentref a neb yn mynd ar ei gyfyl.

Tra oedd y gwragedd yn melltithio a dwyn roedd y dynion hefyd yn gwneud pob math o fisdimanars. Smyglwyr oedden nhw, yn dod â phob math o bethau na ddylen nhw i'r wlad drwy eu glanio'n slei bach ar Draeth Coch yn y nos.

Yn y diwedd cafodd pobl yr ardal lond bol ar driciau'r giwed a galwyd cyfarfod cyfrinachol mewn ffermdy cyfagos rhag ofn i'r gwrachod glywed amdano.

'Mae'n rhaid i ni gael gwared â'r taclau yma unwaith ac am byth!'

'Bydd! Mae enw Llanddona'n faw bellach, diolch i'r cnafon yma!'

'Iawn. Rydw i'n cytuno, ond beth wnawn ni? Tydyn nhw fel sachaid o fwncwns, yn llawn castiau.'

'Ia, fe wyddoch i gyd beth ddigwyddodd i Guto Rhos Isa pan wrthododd o sachaid o foron iddyn nhw'n tydych?'

'Ydyn – fe wnaeth ei wartheg o i gyd farw ac fe fu yntau'n ei wely am wythnosau efo cur melltigedig yn ei ben!'

'Ond mae'n rhaid i ni wneud rhywbeth!'

'Oes – ond beth?'

'Fe wn i. Fe gawn ni wared â'u gwŷr nhw. Os medrwn ni wneud hynny, fe aiff y gwrachod oddi yma i'w canlyn nhw.'

'Oes gen ti gynllun?'

'Oes. Gwyddoch i gyd mai smyglwyr ydi'r dynion – wel, mae hi'n lanw mawr yr wythnos nesaf ac yn saff i chi fe fyddan nhw'n glanio pethau ar y Traeth. Beth am ddweud wrth ddynion y tollau a dal y taclau wrthi?'

'Andros o syniad da! Ydi pawb yn cytuno?'

'Ydyn!'

Ac felly y bu. Daeth yn amser y llanw mawr ac aeth y criw lleol a'r Seismyn i lawr am y Traeth Coch. Roedd hi'n dywyll fel bol buwch ond wrth fynd yn slei bach am y môr gwelent oleuadau islaw. O edrych yn iawn medrent weld y smyglwyr yn cario casgenni a chistiau trymion. Beth oedd ynddyn nhw tybed?

Rhoddodd un o swyddogion y tollau arwydd iddynt amgylchynu'r smyglwyr a chyn pen dim roedd cylch o ddynion arfog o gwmpas y cnafon.

'Reit, sefwch lle'r ydych chi! Swyddogion y tollau ydyn ni ac rydyn ni o'ch cwmpas chi!'

'Be aflwydd . . . ? Rhedwch!'

'Waeth i chi heb na meddwl dianc! Mae gormod ohonom ni.'

'Hy! Gawn ni weld am hynny hefyd.'

Yn sydyn, gafaelodd pob smyglwr yn y sgarff oedd

am ei wddf ac agor y cwlwm. O bob sgarff daeth ugeiniau o bryfed a'r rheiny'n pigo'n boenus. Mewn chwinciad, roedd hi'n draed moch ar y tywod a'r smyglwyr wedi diflannu.

Mewn gwirionedd, cafodd y smyglwyr lonydd am flynyddoedd oherwydd roedd y pryfed yn eu hamddiffyn nhw bob tro. Bu Gwrachod Llanddona'n codi ofn ar bobl Sir Fôn am hydoedd hefyd ond, diolch byth, maen nhw'n dweud i'r olaf ohonyn nhw farw tua chan mlynedd yn ôl. Erbyn hyn, pentref bach tawel fel unrhyw bentref arall ydi Llanddona.

 MORWYN LLYN Y FAN

Un diwrnod aeth Hywel, mab Blaen Sawdde, Llanddeusant i fyny llethrau'r Mynydd Du i wneud yn siŵr fod ei ddefaid a'i wartheg yn iawn. Roedd y tywydd yn boeth ac yntau'n chwysu chwartiau yn ei grys brethyn tew felly arhosodd wrth Lyn y Fan Fach i gael diod o ddŵr. Ew, roedd o'n dda! Gallai ei deimlo'n llifo'n oer braf i lawr ei wddf.

Eisteddodd am funud i edrych a gwrando. A oedd popeth yn iawn? Oedd – dim ond bref ambell ddafad yn chwilio am oen oedd wedi crwydro'n rhy bell. Bob hyn a hyn hefyd clywai fref un o'r gwartheg oedd yn pori gwair melys y gwanwyn. Yna clywodd grawc ddofn cigfran uwch ei ben. Caiff y gigfran enw drwg am bigo llygaid ŵyn o'u pennau, ond roedd o'n gwybod mai ŵyn bach gwantan oedd y rheiny bob amser ac nid oedd yr un felly ganddo fo. Ond er hynny dechreuodd edrych o'i gwmpas rhag ofn.

Yna, o gil ei lygad, gwelodd Hywel rywbeth yn symud yn y dŵr yn ei ymyl. Pysgodyn oedd o tybed? Nage . . . y nefoedd fawr! . . . roedd yna ferch yn codi o'r llyn! Prin y medrai gredu ei lygaid. Ysgytiodd ei ben yn wyllt rhag ofn ei fod o'n pendwmpian ond roedd hi'n dal yno. A'r peth rhyfedd oedd, er ei bod hi wedi codi o'r llyn roedd ei gwallt a'i dillad yn sych grimp. Daeth rhyw gryndod rhyfedd drosto wrth iddo edrych ar y ferch a oedd bellach yn sefyll ar wyneb y llyn yn cribo'i gwallt hir melyn efo crib aur. Ni welsai erioed ferch mor hardd o'r blaen.

Am eiliad, ni wyddai Hywel beth i'w wneud na'i ddweud. Wedi'r cwbl, nid bob dydd y mae'r ferch dlysaf welsoch chi erioed yn codi wrth eich ymyl o lyn! Edrychodd hi arno gan wenu'n swil a dyma'i bennau gliniau yntau'n mynd fel jeli. Roedd arno ofn iddi fynd yn ôl i'r llyn a chofiodd am ei ginio yn y sach ar ei gefn. Roedd yn fodiau i gyd wrth geisio estyn ei frechdanau caws heb dynnu ei lygaid oddi ar y ferch.

'Gy . . . gy . . . gymerwch chi frechdan?' meddai mewn llais bach gwichlyd, nerfus.

'Gymera i, diolch yn fawr. Beth sydd gen ti ynddi hi?'

'Caws.'

'O, hyfryd iawn,' a dyma hi'n cymryd cegaid – a'i boeri allan!

'Ych-a-fi! Mae dy fara di wedi crasu'n sych grimp,' meddai hi. 'Sut medri di fwyta peth mor ofnadwy? Nid fel'na y mae fy nal!'

Rhoddodd gam yn ôl a diflannu i'r llyn, yn union fel petai drws wedi agor a chau ar ei hôl.

Roedd Hywel yn siomedig iawn a bu'n sbecian a stwnna o gwmpas y llyn drwy'r pnawn ond doedd dim golwg o'r ferch. Pan ddechreuodd dywyllu aeth am adref yn drist. Doedd dim hwyl o gwbl arno ac ni fwytaodd ei swper. Roedd ei fam yn gwybod fod rhywbeth yn ei boeni a dyma ddechrau holi. Ac er bod arno ofn iddi chwerthin am ei ben, dyma ddweud yr hanes i gyd.

'Un o Dylwyth Teg y llyn oedd hi, yn saff i ti,' meddai ei fam. 'Rwyt ti'n lwcus iawn, achos mae'n rhaid ei bod hi'n dy hoffi di. Mi wnâi hi wraig iawn i ti, achos maen nhw'n dweud eu bod nhw'n glyfar iawn ac yn gyfoethog tu hwnt.'

Roedd y fam yn awyddus iawn i'w mab gael gwraig dda oherwydd ef oedd ei hunig fab. Neu'n fwy cywir, ef oedd yr unig un oedd ar ôl yn fyw. Roedd y tri arall a'i gŵr wedi cael eu lladd mewn rhyfeloedd.

'Wel, roedd hi'n goblyn o bishyn beth bynnag!'

'Tydyn nhw i gyd. A doedd hi ddim yn cael blas ar fy mara fi nagoedd? Yr hen grimpen anniolchgar – ond rhai anodd eu plesio ydi'r Tylwyth Teg, meddan nhw.'

'Ia wir? Sut gwyddoch chi?'

'Mam-gu fyddai'n dweud. Roedd hi wedi'u gweld nhw'n dawnsio ar lan y llyn meddai hi, a chylch ar y ddaear yno wedyn ar eu holau nhw.'

'Wela i hi eto tybed?'

'Synnwn i ddim na weli di hi fory. Fe wna' i dorth arall iti fynd efo ti at y llyn – a gwae hi os bydd hi'n cwyno bod honno wedi crasu gormod!'

Y bore wedyn, cododd Hywel gyda'r wawr a

chychwyn am Lyn y Fan gyda thorth oedd ond prin
wedi gweld y tu mewn i'r popty yn y sach ar ei gefn. Ar
ôl cyrraedd y llyn dyma fo'n eistedd a disgwyl,
oherwydd roedd yr hen Hywel mewn cariad dros ei ben
a'i glustiau!

Diwrnod hir oedd hwnnw. Daeth yn amser cinio ond
doedd dim golwg o'r ferch. Ganol y pnawn, cododd
gwynt oer a chyffio Hywel ond roedd yn benderfynol o
aros a disgwyl. Erbyn hyn, roedd hi'n dechrau nosi ac
yntau'n bur ddigalon. Roedd ar fin codi a mynd pan
dynnwyd ei sylw gan sŵn brefu a phan drodd yn ei ôl
am un olwg cyn gadael, roedd hi yno!

'Ho . . . Hoffech chi frechdan?'

'Ydi hi'n well na honna ges i ddoe?'

'Ydi'n tad – Mam wedi'i gwneud hi'n un swydd i chi.
Mae Mam yn un dda am grasu . . . '

'Hy! Pawb â'i farn ydi hi'n 'te? Tyrd â hi yma . . .
U-ych! Mae hon yn saith gwaeth. Dydi hi'n ddim byd
ond toes! Dos â hi o 'ngolwg i – dim gŵr gyda bara
gwlyb ydw i eisiau.' A diflannodd gyda sblash yn ôl i'r
llyn.

'Wel yr hen sopen ddigywilydd!' meddai ei fam pan
adroddodd yr hanes y noson honno. 'Welaist ti rywun
mor gysetlyd erioed dywed?'

Ond roedd Hywel yn benderfynol o wneud un cais
arall i demtio'r ferch o'r llyn. Felly perswadiodd ei fam i
wneud un dorth arall, a'i phobi'n ofalus ofnadwy, fel y
byddai at ddant merch y llyn. Geiriau olaf ei fam y noson
honno oedd:

'Os na fydd yr hen gnawes fisi yn hoffi hon, gad hi i'w
photas yn y llyn . . . Yn gweld bai ar fy mara i wir! Aros
di nes bydd hi'n ferch-yng-nghyfraith i mi – fe ddysga i

iddi hi sut i bobi, o gwnaf!'

Drannoeth, gwyddai Hywel fod yn rhaid iddo lwyddo'r tro hwn, felly cariodd y dorth oedd yn berffaith – gobeithio! – i fyny at y llyn yn ofalus. Roedd yn rhaid iddo aros yn hir y tro hwn hefyd ac roedd hi rhwng dau olau cyn iddo sylwi fod gwartheg yn cerdded ar wyneb y dŵr. Wedyn gwelodd y ferch yn cerdded tuag ato o'u canol nhw. Roedd o mor falch o'i gweld hi nes y rhedodd i'w chyfarfod, heb gofio na fedrai gerdded ar ddŵr! Syrthiodd i mewn at ei ganol a bu ond y dim i'r dorth berffaith gael ei gwlychu'n wlyb domen!

Chwarddodd y ferch wrth ei weld yn wlyb at ei groen a helpodd ef i ddod o'r dŵr. Ar ôl cyrraedd y lan cynigiodd yntau'r dorth iddi.

'Pwy wnaeth hi?'

'Mam.'

'O na!' meddai hithau.

'Ie, ond mae hon wedi crasu'n ysgafn braf. Rwyt ti'n siŵr o gael blas arni hi.'

'Gawn ni weld . . . Mm! Blasus iawn! Wel, dwyt ti ddim yn ddrwg i gyd ac fe wnest ti dy orau i 'mhlesio fi. Sibi ydi fy enw i ac rydw i'n meddwl y prioda i ti.'

Roedd Hywel wedi gwirioni gymaint, wyddai o ddim beth i'w wneud efo fo'i hun. Neidiodd i'r awyr a rowlio tin-dros-ben sawl tro, gan ddod yn agos at daro Sibi. Rhybuddiodd hithau ef rhag gwneud hynny, gan ddweud y byddai'n wraig dda iddo ar yr amod na fyddai'n ei tharo dair gwaith heb achos. Wedyn, ar ôl ei rybuddio i aros lle'r oedd o am funud, diflannodd eto.

Roedd y bugail wedi mynd i ddechrau poeni, pan welodd ryw grychni yn y dŵr. Ond yn lle Sibi, ymddangosodd hen ŵr gyda barf laes, laes a dwy ferch y tu ôl iddo. Roedd y ddwy ferch yn union yr un fath â'i gilydd a doedd dim modd dweud y gwahaniaeth rhyngddynt.

'Mae Sibi'n dweud dy fod eisiau ei phriodi hi 'ngwas i,' meddai'r hen ŵr.

'Y . . . ydw'n tad!'

'Wel, cyn gwneud mae'n rhaid i ti benderfynu pa un o'm dwy ferch ydi dy gariad. Os dewisi di'n iawn fe gei di ei phriodi hi ond os methi di, chei di ddim.'

Dyma beth oedd picil. Os dewisai'n anghywir byddai'n colli Sibi am byth. Felly dechreuodd astudio'r ddwy o ddifri. Oedd gan un wallt hirach na'r llall? Nac oedd. Oedd ffrog un yn wahanol i'r llall? Go drapia, nac oedd. Roedd gan un fodrwy ar ei llaw dde — ond erbyn edrych, roedd gan y llall un hefyd. Roedd ar fin cymryd ei siawns ac enwi'r agosaf ato pan welodd y llall yn symud ei throed y mymryn lleiaf erioed. Roedd yn ddigon i dynnu ei sylw ati heb i'w thad weld a sylwodd fod ei sandalau'n wahanol.

'Wel wyt ti'n barod i ddewis bellach? Does gen i ddim drwy'r dydd wsti,' meddai'r hen ŵr yn flin.

'Ydw, honna ar y dde ydi Sibi.'

'Wyt ti'n siŵr?'

'Ydw.'

'Wel rwyt ti'n iawn. Fe gewch chi briodi. Rydw i'n cymryd dy fod ti wedi clywed nad wyt ti i fod i'w tharo hi?'

'Ydw. Chyffyrdda i ddim pen bys ynddi, heb sôn am ei tharo hi.'

'Ia, wel, amser a ddengys. Wrth eich bod chi am briodi, rydw i eisiau rhoi anrheg bach i chi. Fe gewch chi gymaint o ddefaid, gwartheg, ceffylau a geifr o'r llyn ag y medr Sibi eu cyfri ar un gwynt.'

Mae gwragedd y Tylwyth Teg, fel y Tylwyth i gyd o ran hynny, yn gyfrwys iawn a dyma hi'n cymryd andros o wynt mawr a dechrau cyfri anifeiliaid. Ond yn lle cyfri un, dau, tri, pedwar fel ni, aeth Sibi ati i gyfri fesul pump – pump, deg, pymtheg ac felly roedd hi'n medru cyfri'n gyflym iawn. Erbyn ei bod wedi colli ei gwynt, roedd wedi cyfri cannoedd o anifeiliaid.

Daeth pobl yr ardal i gyd i weld y briodas oherwydd roedd pawb wedi clywed am y ferch ryfeddol a thlws oedd wedi codi o Lyn y Fan. Ar ôl priodi, aeth y ddau i fyw mewn fferm o'r enw Esgair Llaethdy ac fe gawson nhw hwyl fawr ar ffermio. Roedden nhw'n hapus tu hwnt ac fe gawson nhw dri o fechgyn.

* * *

Aeth y blynyddoedd heibio fel y gwynt ac erbyn hyn roedd Hywel a'i deulu yn gyfoethog iawn. Roedd yr anifeiliaid ddaeth o'r llyn yn rhai arbennig o dda a dim ots beth wnâi Sibi, roedd yn sicr o lwyddo.

Yng nghanol yr holl brysurdeb, anghofiodd Hywel rybudd Sibi i beidio â'i tharo dair gwaith, ond buan y cafodd ei atgoffa. Un diwrnod, roeddent ill dau i fod i fynd i fedydd. Doedd dim llawer o siâp cychwyn ar Sibi ac roedd Hywel yn reit bigog.

'Dwyt ti *byth* yn barod? Brysia neno'r tad neu bydd y bedydd drosodd cyn i ni gychwyn.'

'O! Mae'n bell iawn i gerdded i'r eglwys ac rydw i wedi blino'n lân.'

'Pell? Dim ond milltir o daith ydi hi!'

'Dwi'n gwybod, ond . . . '

'Yli, dos i'r cae i ddal dau o'r ceffylau, fe awn ni ar gefn y rheiny.'

'Iawn . . . ond rydw i eisiau fy menig gorau o'r llofft.'

'Nefoedd yr adar! Dos di i nôl y ceffylau ac mi af innau i nôl y menig.'

Ac felly y bu. Aeth Hywel i'r llofft a chael y menig ond collodd ei limpyn yn lân pan welodd nad oedd Sibi wedi symud.

'Wel gwna siâp arni!' meddai, gan roi pwniad ysgafn i'w braich i'w chychwyn.

'Dyna beth gwirion i'w wneud,' meddai hithau. 'Roeddwn i wedi dy rybuddio di i beidio fy nharo dair gwaith ac yn awr dyma ti wedi gwneud hynny unwaith. Cymer ofal o hyn ymlaen.'

Roedd Hywel wedi dychryn braidd, achos roedd o wedi meddwl mai sôn am roi bonclust yr oedd y rhybudd, felly o hynny ymlaen fe fu'n ofalus tu hwnt.

Flwyddyn yn ddiweddarach cafodd y ddau wahoddiad i briodas. Roedd pawb yn hapus fel y gog yno – pawb ond Sibi. Tra oedd pawb arall yn chwerthin yn braf roedd hi'n wylo ac roedd Hywel yn teimlo fod pawb yn edrych arni. Felly dyma fo'n ei tharo hi'n ysgafn ar ei braich a gofyn:

'Beth ar wyneb y ddaear sy'n bod arnat ti? Mae pawb arall yn hapus a thithau'n drist! Beth sydd?'

'Rydw i'n crio am fod poenau'r pâr ifanc yn cychwyn – ac y mae dy rai dithau hefyd. Rwyt ti wedi fy nharo ddwywaith heb achos da bellach. Gwna di unwaith eto a byddaf yn mynd yn ôl at fy nheulu i'r llyn.'

Wel, roedd Hywel yn ofalus iawn yn awr. Un cyffyrddiad arall difeddwl a byddai popeth ar ben.

Un diwrnod yn y gwanwyn ymhen blynyddoedd, roedd cymydog wedi marw a hwythau yn ei gynhebrwng. Fel y gallech chi ddisgwyl, roedd pawb yn drist iawn yno – pawb ond Sibi. Tra oedd pawb arall yn crio, roedd hi'n chwerthin yn braf! Teimlai Hywel fod pawb yn yr eglwys yn ei chlywed a dyma fo'n sibrwd, 'Taw wir!' gan daro'i braich yn ysgafn. 'Dangos dipyn o barch. Cofia mai mewn angladd yr wyt ti. Pam wyt ti'n chwerthin?'

'Rydw i'n chwerthin am fod poenau ein cymydog ar ben – ac y mae'n bywyd ninnau efo'n gilydd ar ben hefyd. Rwyt ti wedi fy nharo dair gwaith bellach a rhaid i mi fynd yn ôl at fy nhad.'

Rhuthrodd Sibi allan o'r eglwys at Esgair Llaethdy, gan alw ar yr holl anifeiliaid oedd wedi dod o'r llyn i ddod ati hi. Yr un pryd roedd Hywel yn crefu arni hi i aros, ond i ddim diben.

Dyna i chi olygfa oedd honno! Daeth y cannoedd anifeiliaid ati hi gan frefu a gweryru. Roedd un o'r gweision wrthi'n aredig gyda phedwar ych a llusgodd y pedwar yr aradr at Sibi. Byddent wedi llusgo'r gwas hefyd ond iddo ollwng ei afael. Roedd llo bach du wedi cael ei ladd y bore hwnnw a daeth hwnnw hyd yn oed yn ôl yn fyw a mynd ar ôl Sibi, a oedd bellach yn cerdded dros Fynydd Myddfai am Lyn y Fan. Aeth y rhes hir ar eu pennau i mewn i'r llyn a doedd dim i ddangos lle buon nhw ar wahân i'r rhych hir gafodd ei wneud gan yr aradr a lusgwyd gan yr ychen. Mae ôl hwnnw yno hyd heddiw, meddan nhw.

* * *

Cafodd y golled effaith fawr ar Hywel a'i fechgyn. Roedd o bellach fel hen ddyn yn swatio wrth danllwyth o dân, waeth beth oedd y tywydd. Roedd y bechgyn ar y llaw arall yn byw ac yn bod wrth y llyn, yn y gobaith o weld eu mam eto.

Un diwrnod, roedden nhw wrth giât y mynydd, lle sy'n cael ei alw'n Llidiart y Meddygon hyd heddiw. Yno, fe welodd Rhiwallon, y mab hynaf, ei fam.

'Mam! Rydw i'n falch o'ch gweld chi!'

'Wel, a finnau tithau, ond gwranda, does gen i ddim llawer o amser,' meddai gan edrych dros ei hysgwydd i gyfeiriad y llyn. 'Rydw i eisiau i ti a dy frodyr gael dysgu ein cyfrinachau ni, bobl y llyn, a medru gwella pobl. Rydw i am i chi fod yn feddygon.'

'Ond sut, Mam bach?'

'Cymer y bwndel yma o lyfrau ac astudiwch nhw. Ynddyn nhw fe weli di a dy frodyr pa blanhigion i'w defnyddio i wella pob clefyd a salwch. Byddwch yn ddoctoriaid enwog.'

Darllenodd y brodyr y llyfrau o glawr i glawr a'u dysgu. Wedi hyn daeth Meddygon Myddfai, fel yr oedd y brodyr a'u meibion yn cael eu galw, yn enwog drwy Gymru i gyd oherwydd eu gallu i wella pob afiechyd.

ELIDIR A'R TYLWYTH TEG

Ydych chi'n hoffi mynd i'r ysgol? Mae'n siŵr eich bod chi ar y cyfan. Wedi'r cwbl mae gennych athrawon clên a digon o bethau difyr i'w gwneud. Ambell dro mae pethau diflas fel gwaith cartref ac arholiadau i'w gwneud ond nid yn rhy aml gobeithio.

Nid felly'r oedd hi bob amser cofiwch. Gan mlynedd yn ôl fe sgrifennodd Daniel Owen lyfr o'r enw *Rhys Lewis* ac yn hwnnw mae yna hen benci blin o athro o'r enw Robin y Sowldiwr. Efallai y cewch chi gyfle i ddarllen ei hanes o rywbryd.

Wyth can mlynedd yn ôl roedd pethau'n waeth byth. Doedd llawer o blant ddim yn mynd i'r ysgol o gwbl – a chyn i chi i gyd weiddi hwre, meddyliwch chi gymaint oedden nhw'n ei golli. Yn un peth fydden nhw ddim yn medru darllen comics – na *Straeon ac Arwyr Gwerin Cymru* petai'n mynd i hynny! Roedd y rhai oedd yn ddigon lwcus i gael mynd i'r ysgol – a hogiau oedd y rheiny – yn cael eu dysgu mewn mynachlogydd ac yn gorfod gweithio'n ofnadwy o galed. Hen ddynion sych, blin oedd yr athrawon hefyd. Mynaich oedden nhw ac wedi anghofio'n llwyr sut beth oedd bod yn hogyn direidus!

Ar ei daith o gwmpas Cymru wyth ganrif yn ôl fe glywodd Gerallt Gymro hanes hogyn o'r fath. A hanes difyr ar y naw ydi o hefyd . . .

* * *

Deuddeg oed oedd Elidir ac roedd yn mynd i'r ysgol yn abaty Glyn Nedd. Rŵan, doedd Elidir ddim yn ddwl o bell ffordd ond roedd yn well ganddo bysgota na darllen a doedd ei athro, y Brawd Dafydd, ddim yn help chwaith. Roedd ganddo andros o dymer ddrwg ac os byddai'r bechgyn yn methu gwneud y gwaith neu'n siarad, byddent yn cael blas y wialen fedw. Wrth gwrs, cafodd Elidir druan fwy na'i siâr – neu felly y teimlai ef beth bynnag.

Un diwrnod, doedd gan Elidir ddim stumog mynd am yr ysgol. Roedd ganddo brawf daearyddiaeth y peth cyntaf ac yntau heb ddysgu'r gwaith. Roedd lli da yn yr afon er y noson cynt pan aethai i bysgota. Pwy aflwydd sydd eisiau dysgu ffeithiau diflas am fynyddoedd a dyffrynnoedd pan fo brithyll tewion afon Nedd yn brathu ac yn ysu am gael eu dal! Wnaeth o ddim sôn am y gwaith cartref wrth ei fam, a oedd yn wraig weddw, a chafodd groeso mawr pan aeth adref efo pedwar brithyll braf. Roedd hi'n ddigon anodd i'w fam gael dau ben llinyn ynghyd ac roedd y pysgod yn dderbyniol iawn.

Gwelai Elidir y fynachlog o'i flaen yn y pellter a gwyddai y byddai'r Brawd Dafydd yn ei ddisgwyl yno gyda chwestiynau caled – a gwialen dipyn mwy poenus nag un bysgota!

Daeth Einion ei ffrind drwy'r drws wrth iddo basio'i gartref a gwaeddodd arno:

'Hei! Elidir, aros amdanaf i.'

'O, sut mae hi Einion?'

'Iawn, wsti. Wyt ti wedi dysgu'r gwaith ar gyfer y prawf i'r Brawd Dafydd?'

'Fo a'i hen ddaearyddiaeth! Pwy sydd eisiau gwybod pa mor hir ydi afon? Yr hyn sydd ynddi hi sy'n cyfri – ond beth ŵyr Dafydd Dew am bysgod? Yr unig beth mae o'n ei wybod ydi rhyw enwau Lladin crand amdanyn nhw. Ŵyr o ddim am bysgota, sy'n bwysicach o lawer . . . '

'Argo! Mi cei di hi heddiw felly!'

'Hy! Fe gawn ni weld am hynny hefyd! Pwy sy'n dweud fy mod i'n mynd i'r ysgol?'

'Beth? Dwyt ti erioed am chwarae triwant?'

'Ydw! Mi gaiff Dafydd Dew fyw hebdda fi am heddiw. Yli beth ydw i newydd ei ddarganfod yn fy mhoced – bachyn blaenllinyn ar ôl neithiwr. Dim ond torri brigyn o goeden gyll sydd eisiau i mi wneud ac fe gaf ddiwrnod difyr o bysgota yn lle chwysu yn yr hen brawf daearyddiaeth diflas yna.'

'Fe fydd y Brawd Dafydd yn sicr o weld dy fod yn absennol a holi amdanat.'

'Fe fydd yn meddwl fy mod yn sâl – os na ddywedi di wrtho fo.'

'Ddyweda i ddim gair o 'mhen.'

'Da iawn chdi. Wel, dyna hi'r afon yn y fan acw. Hwyl i ti ar y prawf!' meddai Elidir yn bryfoclyd, gan anelu am linyn arian afon Nedd.

Ar ôl torri brigyn a pharatoi ei wialen, meddyliodd Elidir y byddai'n well iddo guddio am ychydig rhag ofn i rywun fynd am yr ysgol yn hwyr, a'i weld ac achwyn wrth y Brawd Dafydd.

Aeth Elidir ar hyd yr afon i chwilio am le i guddio ac mewn tro yn yr afon gwelodd dorlan a lle cyfleus i guddio yno. Bwriadai aros yno am awr neu ddwy cyn mynd oddi yno i bysgota. Yn ystod yr amser hwnnw, fodd bynnag, dechreuodd hel meddyliau a phoeni o ddifri am y Brawd Dafydd a'r hyn a wnâi iddo pan welai ei fod wedi chwarae triwant. Penderfynodd nad oedd yn ddiogel mynd i bysgota wedi'r cwbl ac y byddai'n well iddo aros yn ei guddfan drwy'r dydd.

Erbyn diwedd y prynhawn roedd gormod o ofn mynd adref arno rhag ofn y byddai ei fam wedi clywed iddo beidio â mynd i'r ysgol a'i gosbi am hynny. O ganlyniad arhosodd yn ei guddfan damp drwy'r nos ac erbyn y bore y peth diwethaf ar ei feddwl oedd mynd i bysgota. Roedd ar ei gythlwng a byddai wedi rhoi unrhyw beth am ddysglaid fawr o'r uwd blasus a gâi i frecwast bob bore gan ei fam. Ond feiddiai o ddim mynd adref gan y gwyddai y câi ei gosbi. Beth wnâi o? Fedrai o ddim aros dan y dorlan lawer mwy. Teimlai'n wan gan eisiau bwyd.

'Helo 'ngwas i, beth wyt ti'n wneud yn y fan yma?'

Bu bron i Elidir gael ffit pan glywodd lais y tu ôl iddo yn rhywle, fel petai'n dod o grombil y ddaear.

'P . . . P . . . P . . . Pwy . . . sydd yna?'

'Malarwd a Dwralam ydan ni. Pwy wyt ti?'

'Elidir.'

Trodd i edrych y tu ôl iddo a dychrynodd unwaith eto pan welodd ddau ddyn bach yn sefyll y tu ôl iddo yng ngheg twnnel nad oedd wedi sylwi arno cyn hynny. Roedd y ddau yr un ffunud â'i gilydd, o'u barfau hir a gyrhaeddai at eu botwm bol, i'w dillad coch a gwyrdd llachar a botymau aur yn eu cau. Yr hyn a'i synnodd fwyaf ynglŷn â'r ddau fodd bynnag oedd mor fyr oeddynt. Prin y cyrhaeddent ei ben-glin.

'Ty . . . Tylwyth Teg ydych chi?'

'Ie, 'ngwas i. Ond beth wyt ti'n ei wneud yma?' meddai Malarwd. 'Ddylet ti ddim bod yn yr ysgol dywed?'

Rywsut neu'i gilydd, gwyddai oddi wrth wên ddireidus y ddau ŵr bach nad oeddynt am ei niweidio ac felly adroddodd yr hanes i gyd wrthynt.

'Wel wir, Elidir bach,' meddai Dwralam, 'wela' i ddim bai arnat ti'n peidio mynd i'r hen ysgol yna. Mae'r Dafydd Dew yna'n swnio'n athro cas iawn.'

'Ydi wir, fyddai'n ddim gen i fynd i'r ysgol a rhoi cweir iawn i'r hen fwli!' meddai Malarwd.

'Wnewch chi wir?'

'Wel, rhyw dro arall, efallai. Dim ond picio allan am dro bach wnaethon ni ac mae'n bryd i ni feddwl am ei throi hi. Hwyl i ti.'

'Hwyl i chi . . . Hei, arhoswch am funud – lle'r ydych chi'n byw, felly?'

'Wel, drwy'r twnnel yma wrth gwrs. Hoffet ti ddod efo ni i weld ein gwlad?'

'Ia, tyrd efo ni am dro. Does gennym ni ddim ysgolion, achos does mo'u hangen nhw. Dim ond chwarae a chael hwyl y mae ein plant ni. Fe fyddi di wrth dy fodd acw. Tyrd.'

Diflannodd y ddau i mewn i'r twnnel a rhuthrodd Elidir ar eu hôl.

'Aaaaaw!'

'O ia, fe anghofiais i ddweud wrthyt ti, gwylia dy ben yn y twnnel yma,' meddai Malarwd.

'Braidd yn hwyr, ynte,' meddai Elidir, gan ostwng ei ben a brysio i gyfeiriad ei lais.

Roedd y twnnel yn hir a thywyll. Prin y medrai Elidir weld lle'r oedd yn mynd a byddai wedi troi'n ôl fwy nag unwaith oni bai am leisiau ei ddau gyfaill newydd yn ei annog i ddod yn ei flaen.

O'r diwedd, gwelodd olau egwan yn y pellter a gwyddai ei fod yn dynesu at geg y twnnel o'r diwedd. Pan ddaeth allan ohono cafodd ei ryfeddu gan yr olygfa oedd o'i flaen. Roedd mewn gwlad arall!

Gwlad danddaearol oedd hi, ac roedd braidd yn dywyll gan nad oedd yr haul yn tywynnu yno. Atgoffai Elidir o ddiwrnod cymylog yn y gaeaf.

'Ydi hi'n dywyll fel hyn drwy'r amser?' gofynnodd wrth ei ddau gyfaill.

'Nac ydi,' meddai Dwralam, 'mae'n dywyllach yn y nos! Does dim lleuad na sêr yma – ond dydi hynny ddim ots, mae pawb yn cysgu'r adeg honno p'run bynnag.'

Pan gynefinodd ei lygaid â'r goleuni gwahanol, gwelodd Elidir ei bod yn wlad hyfryd, tebyg iawn i Gymru mewn gwirionedd, gydag afonydd a bryniau, dyffrynnoedd a choedwigoedd hardd.

'Tyrd Elidir, fe gei di weld y wlad eto wrth dy bwysau, fe awn ni i'r brifddinas rŵan ac i weld y brenin.'

'I'r brifddinas i weld y brenin? Fi?'

'Ie, tyrd, tydi'r ddinas ddim yn bell – dros y bryn yma a dweud y gwir.'

'Ond pam mynd â fi i weld y brenin? Dydw i'n neb.'

'Choelia i fawr. Dydan ni ddim yn cael ymwelwyr yn aml fel y gelli fentro ac fe gei di groeso mawr ganddo.'

'Beth ydi ei enw fo?'

'Y brenin Coran y Pumed – ond "eich mawrhydi" fydd o i chdi, cofia.'

'Iawn.'

Cyrhaeddodd y tri ben y bryn ac o'r fan honno gwelodd Elidir olygfa fythgofiadwy. Yn y dyffryn islaw iddo roedd prifddinas y Tylwyth Teg. Gwelai adeiladau hardd, tyrau uchel a'r cwbl yn hollol wahanol o ran ffurf a phatrwm i ddim a welsai yn ei fro ei hun. Cyn hyn arferai feddwl fod abaty Glyn Nedd yn hardd, er ei fod yn casáu mynd i'r ysgol yno, ond doedd yr abaty'n ddim i'w gymharu â'r adeiladau a welai o'i flaen. Sylwodd eu bod yn lliwgar tu hwnt, gyda holl liwiau'r enfys a mwy i'w gweld ym mhobman. Yma ac acw, roedd aur ac arian i'w gweld hyd yn oed.

'Iesgob annwyl, tydi hi'n dlws?'

'Ydi mae hi. Mae hi'n ddinas hyfryd iawn,' meddai Dwralam.

'Beth ydi ei henw hi?'

'Caer Siddi,' meddai Malarwd.

Cerddodd y tri i lawr i'r dyffryn, trwy'r porth mawr ac i mewn i'r ddinas. Syllai Elidir o'i gwmpas mewn rhyfeddod, oherwydd ni welsai'r fath le erioed – ddim hyd yn oed yn ei freuddwydion.

Aed am lys Coran ac ymhen ychydig funudau roedd Elidir yn sefyll o flaen y brenin, ei deulu a'i swyddogion. Os syllodd mewn rhyfeddod ar y ddinas, roedd trigolion Caer Siddi hwythau'n syllu mewn rhyfeddod arno yntau'n awr. Clywodd ambell un yn sibrwd:

'Tydi o'n fawr!'

'Sh! Rhag ofn iddo glywed.'

'Ydi o'n berig dywedwch?'

'O lle daeth o tybed?'

Tawelodd pawb pan ddaeth y brenin Coran i mewn fodd bynnag.

'Croeso! Croeso i ti i fy ngwlad, ŵr dieithr. Beth ydi dy enw di?'

'Elidir, eich mawrhydi. Ond dydw i ddim yn ddyn – hogyn ydw i.'

'Wel, Elidir, fe gei di aros yma yng Nghaer Siddi gyhyd ag y dymuni di. Mae'n lle hyfryd ond os bydd arnat hiraeth am fynd adref, bydd croeso i ti fynd a dod fel y mynni di.'

'Diolch, syr.'

'Fe gei di aros yma yn y palas hefo fy nheulu. Mae Naroc fy mab bach yn gallu bod yn ddigon unig ar adegau a bydd yn falch o gael cwmni. Fe wnaiff Naroc dy dywys o gwmpas a dangos lle mae popeth yn y palas i ti. A chofia ofyn os byddi di eisiau unrhyw beth.'

Aeth ei gyfaill newydd ag Elidir o gwmpas y palas i gyd ac ni welodd y fath ysblander yn ei ddydd! Mor wahanol oedd y llofftydd ysblennydd gyda'u gwelyau plu a'u gorchuddion sidan i'w wely peiswyn caled a phantiog ef gartref. I'r stafelloedd byw wedyn ac yntau'n synnu'r tro hwn at y dodrefn. Gwelai sglein aur ym mhobman ac mor fach oedd popeth! Roedd fel dodrefn wedi'i wneud i blant bach a phrin y medrai Elidir eistedd ar y cadeiriau. Roedd setl gyda lle i ddau eistedd arni yn llawer mwy cyfforddus!

Roedd gweision a morynion Coran ym mhobman a hwythau ac Elidir am y gorau yn syllu mewn rhyfeddod ar y naill a'r llall. Er mor fyr oedd y Tylwyth Teg, roeddent i gyd yn hynod o dlws, yn enwedig y merched, a oedd i gyd o bryd golau, gyda chribau aur yn eu gwalltiau. Yn wahanol iawn i Dafydd Dew ddiflas gyda'i gorun moel, roedd gan y dynion wallt hir at eu hysgwyddau ac roedd gan lawer ohonynt farfau hir fel Dwralam a Malarwd hefyd. Gwisgai pawb ddillad lliwgar, hyfryd gyda botymau aur yn eu cau a theimlai Elidir druan fod ei ddillad ef yn flêr a di-raen iawn mewn cymhariaeth.

Cafodd weld y palas i gyd, gan gynnwys y stablau lle cedwid y cerbydau brenhinol, a'r cyfan wedi eu gorchuddio ag aur pur. Hyd yn oed yn y golan gwan, sgleiniai'r cyfan fel swllt. Y peth rhyfeddaf a welodd Elidir yn y stablau fodd bynnag oedd y ceffylau. Doedd yr un ohonyn nhw ddim mwy na milgi! Dyna'r adeg y sylweddolodd fod popeth yng ngwlad Coran yn llai nag yn ein byd ni.

Erbyn hyn roedd yn tynnu am amser cinio ac Elidir yn wan o eisiau bwyd gan nad oedd wedi cael dim i'w fwyta ers deuddydd.

'Wyt ti eisiau cinio, Elidir?' meddai Naroc.

'Ydw, braidd!'

'Tyrd 'te, fe awn ni i'r neuadd fwyta i weld beth sydd ar gael.'

Wrth grwydro'r palas, bu Elidir yn holi Naroc fel twrnai am bopeth a welai o'i gwmpas. Roedd popeth mor wahanol yno. Ar y ffordd i'r neuadd i gael cinio holodd am beth arall oedd wedi ei synnu.

'Welais i erioed frenin na thywysog o'r blaen, ond yn

yr ysgol fe glywais fod gan bob un fyddin a milwyr
arfog i'w warchod. Ond does gan dy dad yr un milwr a
hyd yn hyn welais i ddim un cleddyf na gwaywffon.'
   'Beth ydi'r rheini?'
   'Arfau rhyfel – pethau i ymladd a lladd.'
   'Mam bach! Weli di ddim byd felly yma. Pobl
heddychlon ydym ni. Dydyn ni byth yn ffraeo â'n gilydd
heb sôn am ymladd a lladd. Arfau wir! Dyna'r peth olaf
ydym ni ei angen!'
   Roeddent wedi cyrraedd y neuadd bellach a chyda
pheth trafferth llwyddodd Elidir i eistedd wrth y bwrdd
isel. Unwaith yn rhagor sylwodd ar sglein aur ym
mhobman: y cyllyll, ffyrc a llwyau oedd yn aur pur y tro
hwn. Nid oedd yn sicr beth i'w ddisgwyl o ran bwyd,
gan fod popeth arall yng Nghaer Siddi mor wahanol.
Pan ddaeth roedd yn flasus tu hwnt. Bwytaodd bedair
gwaith gymaint â'r brenin – ond doedd hynny ddim
rhyfeddod o ystyried ei fod bedair gwaith yn fwy nag ef
a heb fwyta ers deuddydd!
   'Wel, rwyt ti'n fwytawr iach, fachgen,' meddai Coran.
'Mae'n bleser rhoi bwyd o dy flaen di. Gymeri di fwy?'
   'Diolch, eich mawrhydi.'
   'Wyt ti'n meddwl y medri di fwyta pwdin hefyd?'
meddai'r brenin, yn methu celu'r syndod oedd yn ei lais.
   'Synnwn i ddim! Mae gen i ddant melys iawn.'
   'Da iawn, was. Bwyta di fel petaet ti gartref: mae mwy
na digon o fwyd yma.'
   'Gyda llaw, eich mawrhydi, beth ydi'r cinio blasus
yma? Wnes i erioed fwyta dim byd tebyg o'r blaen.'
   'Potes o ryw fath ydi o, wedi ei wneud hefo llysiau
arbennig yr ydym ni'n eu tyfu yma. Does dim cig ynddo
fo o gwbl oherwydd nid ydym yn bwyta cig na

physgod.' Meddyliodd Elidir am y potes maip digon diflas a wnâi ei fam weithiau pan oedd cig yn brin a dim arian i'w brynu. Mor wahanol oedd hwn, yn llawn llysiau blasus na welodd eu tebyg erioed o'r blaen. Teimlai'n falch hefyd ei fod wedi gadael ei enwair ar ôl o dan y dorlan rhag ofn iddo bechu Coran.

'Ryden ni'n yfed llawer o lefrith, a phwdin llefrith sydd i ddod yn awr,' aeth y brenin ymlaen. 'Rydym yn bwyta llawer o ffrwythau – a'r rheini'n wahanol iawn i'r rhai sy'n tyfu ym mherllannau Cwm Nedd rydw i'n siŵr. Ond fe gei di weld hynny drosot dy hun yn ystod dy arhosiad yma.'

Ac felly y bu. Cafodd Elidir amser bendigedig yng nghwmni Naroc yn ystod yr wythnosau nesaf, yn crwydro a chwarae. Roedd popeth mor newydd a gwahanol nes iddo anghofio popeth am ei fam, ei gartref ac ysgol Dafydd Dew. Ymhen amser fodd bynnag daeth pwl o hiraeth drosto a gofynnodd am gael mynd adref i weld ei fam. Cytunodd Coran ar unwaith ac anfonodd am Dwralam a Malarwd i'w dywys yn ôl, gan ddweud y câi ddod yn ôl pe dymunai.

Tywysodd y ddau ef drwy'r twnnel tywyll ac allan o dan y dorlan ger afon Nedd, gan ddweud y deuent yn ôl drannoeth i weld os oedd am fynd yn ôl i Gaer Siddi.

Brysiodd Elidir adref, codi glicied y drws a rhuthro i'r tŷ. Aeth ei fam yn llwyd fel lludw pan welodd ef a bu bron iddi lewygu.

'Elidir . . . ? Elidir bach! Chdi ydi o! Fy ngwas annwyl i! Roeddwn i'n meddwl yn siŵr dy fod wedi boddi. Fe fu pawb yn chwilio glannau'r afon hefo crib mân ar ôl clywed dy fod wedi mynd i bysgota'r diwrnod hwnnw yn lle mynd i'r ysgol.'

'Fe wyddoch chi felly?'

'Gwn. Fe ddywedodd Einion yn y diwedd ar ôl diwrnod neu ddau, a thithau byth wedi dod adref. Ond ble buost ti Elidir bach?'

Adroddodd Elidir yr hanes i gyd wrth ei fam a gwelai ei llygaid yn agor mwy a mwy wrth iddo sôn am y rhyfeddodau a welsai yng Nghaer Siddi. Erbyn iddo sôn am holl gyfoeth y wlad ac mor gyffredin oedd aur yno nes ei fod yn cael ei ddefnyddio i wneud teganau hyd yn oed, roedd llygaid ei fam fel soseri!

'Ac rwyt ti'n cael mynd a dod fel y mynni di? O, Elidir bach, tyrd â rhywbeth aur adre hefo ti'r tro nesaf. Rydw i mor dlawd yma ac welen nhw mo'i golli os ydyn nhw mor gyfoethog ag wyt ti'n ddweud.'

Drannoeth aeth Elidir yn ôl at yr afon a chael croeso mawr gan Dwralam a Malarwd. Roedd y ddau ddyn bach yn hynod o hapus ei fod am ddychwelyd i'w gwlad.

'A dweud y gwir, Elidir,' meddai Dwralam, 'er mor hyfryd ydi dy fyd di, mae'n well o lawer gennym ein byd ein hunain.'

'Ydi wir,' meddai Malarwd yntau. 'Pobl dy fyd di ydi'r drwg. Maent mor genfigennus ac anwadal. Maent yn dweud un peth ac yn gwneud peth arall. Maent yn rhoi eu gair i wneud rhywbeth ac yna'n peidio. Dydyn ni byth yn gorfod rhoi ein gair am y rheswm syml nad oes neb yn dweud celwyddau. Y gwir ydi popeth i ni.'

Ar ôl hyn bu Elidir yn mynd a dod yn aml rhwng ei gartref yng Nghwm Nedd a Chaer Siddi, gyda'i ddau gyfaill yn ei dywys bob tro. Weithiau roedd yn mynd ar hyd y twnnel, dro arall ar hyd llwybrau cudd eraill. Ymhen amser fodd bynnag roedd Elidir yn gwybod y ffordd yn ddigon da i fynd a dod ar ei ben ei hun.

Bob tro yr âi adref roedd ei fam fel ddannodd yn swnian am iddo ddod â rhywbeth aur adref iddi ac yn y diwedd penderfynodd Elidir wneud hynny. Gwyddai fod y Tylwyth Teg yn casáu dwyn o unrhyw fath ond ar y llaw arall, gyda chymaint o aur yng Nghaer Siddi, ni fyddent byth yn sylwi os cuddiai un peth bach a mynd ag ef adref i'w fam dlawd.

Cyn cychwyn am adref y tro nesaf, digwyddai fod yn chwarae pêl-droed gyda Naroc. Roedd yn bêl fawr i Naroc ond wrth gwrs, titw o beth, fawr mwy na phêl golff y dyddiau yma oedd hi i Elidir. Ar y llaw arall roedd hi'n aur pur ac ar ôl gorffen chwarae, sleifiodd hi i'w boced, gan edrych o'i gwmpas rhag ofn i rywun ei weld. Doedd dim golwg o'r un enaid byw.

Cychwynnodd am geg y twnnel tywyll ar frys mawr, yn meddwl am y wên a ddeuai i wyneb ei fam pan roddai'r bêl aur iddi. Rhedodd ar hyd y twnnel, gan ofalu cadw ei ben i lawr rhag ei daro yn y to isel ac unwaith y gwelodd olau dydd yr ochr arall carlamodd am adref.

Mor falch ydoedd ei fod wedi llwyddo i ddwyn y bêl aur heb i neb ei weld, roedd rhaid ei thynnu o'i boced i gael edrych arni'n iawn tra oedd yn rhedeg. Sgleiniai fel darn o'r haul a gwasgodd hi'n galed yng nghledr ei law wrth redeg.

Roedd ar gymaint o frys i roi'r anrheg gwerthfawr i'w fam, rhedodd ar wib am ddrws y tŷ. Ond wrth gwrs, fel y dywed yr hen air: 'Mwya'r brys, mwya'r rhwystr.' Chofiodd o ddim am y rhiniog a baglodd ar ei hyd, nes ei fod yn llyfu'r llawr. Gollyngodd y bêl aur, ond yn hytrach na'i chlywed yn clindarddach ar lawr cerrig y gegin . . . fe'i daliwyd gan Dwralam!

Roedd o a Malarwd wedi dilyn Elidir o Gaer Siddi. Roeddent wedi amau fod rhyw ddrwg yn y caws wrth ei weld yn gadael mor sydyn, a hynny heb ddweud gair wrth neb, oedd yn hollol wahanol i'w arferiad.

'Elidir bach, rwyt ti wedi'n siomi ni'n ofnadwy,' meddai Dwralam.

'Do wir,' meddai Malarwd. 'Roedden ni'n meddwl dy fod wedi dysgu rhai o werthoedd a syniadau da ein byd ni, ond mae arna i ofn mai gwerthoedd y byd yma sydd gryfaf ynot ti o hyd.'

'Rwyt ti wedi dwyn oddi arnom ni, sy'n beth anfaddeuol. Petaet ti wedi gofyn, fe fyddet ti wedi cael y bêl â chroeso. Ond mae'n rhy hwyr bellach.'

'Ydi. Weli di byth mohonom ni eto. Buost yn wirion iawn.'

Trodd y ddau ar eu sawdl a diflannu.

Ni ddywedodd ei fam air o'i phen tra digwyddodd hyn i gyd. Yn un peth roedd wedi dychryn gormod, ac yn ail, roedd y cyfan drosodd mewn ychydig eiliadau. Ymddiheurodd i Elidir wedyn, gan ddweud iddi ei orfodi i wneud peth gwirion iawn a dweud wrtho yntau am fynd yn ôl i Gaer Siddi i ymddiheuro ar unwaith.

Brysiodd yn ôl at yr afon ac at y tro. Aeth o dan y dorlan lle'r oedd ceg y twnnel ond doedd dim golwg ohono, er ei fod yn sicr mai yn y fan honno'r oedd y fynedfa i wlad y Tylwyth Teg. Ni allai gofio ble y cychwynnai'r un o'r ffyrdd eraill ac felly canolbwyntiodd ar ganfod y twnnel.

Bu'n chwilio'n ddyfal. Bu'n crwydro afon Nedd a'i thorlannau bob dydd am flwyddyn gron gyfan ond ni welodd y twnnel wedyn.

Sylweddolodd Elidir fod Malarwd a Dwralam yn dweud y gwir ac nad oedd am weld y Tylwyth Teg na Chaer Siddi byth eto ac aeth yn ôl i ysgol Dafydd Dew. Y tro yma gwrandawodd fwy yn y gwersi, er eu bod mor sych ag erioed – yn enwedig y gwersi daearyddiaeth. Sylwodd hefyd nad oedd yr un map yn dangos Gwlad y Tylwyth Teg a Chaer Siddi!

Ymhen amser aeth yn offeiriad ond hyd yn oed pan oedd yn hen, hen ŵr daliai i hiraethu am weld Caer Siddi eto ac wylai wrth feddwl mor ffôl y bu yn bradychu ffydd pobl y ddinas. Daliai i gofio ambell air o iaith y Tylwyth Teg hyd yn oed, ac arferai adrodd ei hanes wrth Dafydd, Esgob Tyddewi a oedd yn ewythr i Gerallt Gymro.

CARADOG

Ydych chi'n hoffi darllen hanesion Asterix y Galiad? Coblyn o foi ydi Asterix, yn herio'r holl fyddin Rufeinig gyda'i gyfeillion Obelix, Crycymalix y Derwydd ac Einharweinix y pennaeth. Cofiwch chi, mae gan Asterix un fantais fach, sef diod hud sy'n ei wneud yn hynod o gryf. Ar ôl yfed hwn does dim posib ei drechu ac mae'n cael andros o hwyl yn rhoi cweir iawn i'r Rhufeiniaid.

Cymeriad cartŵn ydi Asterix ond mewn gwirionedd mae gennym ni'r Cymry arwr mwy o lawer nag Asterix ac un a fu'n ymladd y Rhufeiniaid am flynyddoedd lawer. Ei enw yw Caradog. Bu'n herio ei elynion am flynyddoedd heb gymorth unrhyw ddiod hud, dim ond ei ddewrder ei hun a'i awydd i beidio gorfod byw dan fawd cenedl arall.

* * *

Dros ddwy fil o flynyddoedd yn ôl roedd y Rhufeiniaid wedi trechu pob gwlad o'u cwmpas bron iawn. Enw arweinydd neu ymherodr y Rhufeiniaid ar y pryd oedd Iwl Cesar ac roedd yn benderfynol o ychwanegu Prydain at ei ymerodraeth.

'Gwlad fach ydi hi,' meddai wrth ei filwyr. 'Pobl wyllt, flêr sy'n byw yno. Fyddwn ni ddim dau funud yn trechu rhyw garidyms blewog fel yna, na fyddwn ddynion?'

Mewn dim amser roedd Cesar wedi dod â'i fyddin drosodd o Gâl i Brydain mewn fflyd o longau. Ar y dechrau cafodd eithaf hwyl ar drechu ein cyndeidiau oedd yn byw yn y rhan o Brydain a elwir Lloegr yn awr. Roedd hyn cyn bod sôn am Saeson wrth gwrs. Yn wir, roedd Cesar mor sicr ei fod wedi rhoi cweir i gefndryd y Galiaid fel y dywedodd yr hen fwbach 'Fe ddois i; fe welais i; fe drechais i!'

Mewn gwirionedd wnaeth o ddim byd o'r fath a chyn pen dim roedd y Brythoniaid, dan arweiniad eu brenin Caswallon, yn troi tu min ar y Rhufeiniaid gan eu gyrru'n ôl am Gâl.

'Cnafon anwaraidd, yn methu gwerthfawrogi pethau gorau bywyd' oedd ymateb Cesar. 'Fe gânt stiwio yn eu gwlad fach niwlog!' meddai'r ymherodr. Ond wrth gwrs dyna'n union oedd dymuniad Caswallon a'i bobl.

Fentrodd y Rhufeiniaid ddim ar gyfyl Prydain am ganrif arall ar ôl y methiant yma. Roeddent wedi arfer trechu gwledydd yn ddi-lol ac nid cael eu hel yn ôl am eu llongau gan bobl na ddymunai wisgo togas a siarad Lladin.

Ymhen canrif fodd bynnag, roedd y Rhufeiniaid wedi anghofio am y trafferthion gafodd Cesar ym Mhrydain ac yn ysu eto i'w hychwanegu at eu hymerodraeth. Y tro yma doedden nhw ddim yn bwriadu cael eu gyrru ymaith a daethant â byddin anferth drosodd. Buddugoliaeth lwyr oedd eu nod. Wnâi dim byd arall y tro.

Unwaith eto, glaniodd y Rhufeiniaid yn ne Lloegr a bu brwydro ffyrnig rhyngddynt a'r Brythoniaid. Roedd gan Frythoniaid gwahanol rannau Prydain eu henwau eu hunain a'u brenhinoedd eu hunain, ond y prif frenin – a'r dewraf o bell ffordd – oedd Caradog, mab Cynfelyn. Roedd Caswallon yn hen-hen daid iddo, ac fel hwnnw roedd Caradog yn benderfynol o beidio ag ildio i'r Rhufeiniaid.

Roedd Caradog yn ddyn trawiadol iawn, dros chwe throedfedd o daldra. Fel y Brythoniaid i gyd, cribai ei wallt hir yn ôl yn syth o'i dalcen ond roedd ei wallt yn hynod o ran ei liw. Browngoch oedd hwnnw, fel llwynog ifanc neu ddail y coed yn yr hydref neu ddarn o gopor pur. Oherwydd ei fwstásh mawr, hir edrychai'n ffyrnig iawn ond gwyddai ei bobl yn wahanol. Dyn caredig a theg iawn oedd Caradog wrth ei bobl ei hun a fflachiai hiwmor yn ei lygaid tywyll. Am ei wddf, gwisgai dorch neu gadwyn drom o aur pur. Amdano roedd gwisg frethyn syml, ond urddasol. Wrth ei ochr, gwisgai gleddyf miniog mewn gwain euraid. Roedd carn y cleddyf wedi ei gerfio'n hardd.

Enw prifddinas Caradog oedd Camulodunum a galwodd yr holl frenhinoedd Brythonig yno ar frys i drafod yr argyfwng a chynllunio ar gyfer y dyfodol.

'Fel yn nyddiau Caswallon, mae'r Rhufeiniaid wedi dychwelyd i geisio'n trechu, ond fel fy hen-hen daid rwyf yn benderfynol o beidio â chael fy nhrechu,' meddai Caradog.

'Ond Caradog, mae llawer mwy ohonynt y tro hwn.'

'Oes wir! Yn ôl fy ysbïwyr, maent wedi glanio gyda phedair byddin anferth.'

'Pedair, ie?' meddai Caradog yn feddylgar.

'Ie. Mae fy nynion yn amcangyfrif bod o leiaf hanner can mil o filwyr yn martsio tuag yma'r munud hwn.'

'Beth wnawn ni Caradog?'

'Eu hymladd wrth gwrs.'

'Ond does gennym ni ond deng mil o ddynion i ymladd yn eu herbyn. Does gennym ni ddim gobaith.'

'Nagoes,' meddai un arall, 'efallai y byddai'n well i ni ildio. Byddai'n well byw dan y Rhufeiniaid na chael ein lladd.'

'Byth!' meddai Caradog. 'Gwell angau na gwarth. Fyddwn i ddim yn deilwng o fod yn un o ddisgynyddion Caswallon petawn i'n ildio. Beth am y gweddill ohonoch chi?'

Buont yn trin a thrafod y sefyllfa am amser hir wedi hynny, ond yn y diwedd canfu Caradog ei hun gyda dim ond hanner y brenhinoedd eraill yn fodlon ymladd a'r lleill yn dewis ildio. Gyda dim ond pum mil o ddynion felly, aeth ati i wneud Camulodunum yn barod am yr ymosodiad. Gwyddai ef a'i ddilynwyr ffyddlon y byddai deg Rhufeiniwr yn ymladd yn erbyn pob un ohonynt.

Dim ond ychydig ddyddiau oedd ganddynt i baratoi a phan ddaeth ymosodiad y Rhufeiniaid, roeddent fel tonnau'r môr yn sgubo dros y tir tuag atynt. Roeddent mor sicr o fuddugoliaeth lwyr fel eu bod wedi anfon am yr ymherodr Claudius ei hun i arwain yr ymosodiad. Er eu dewrder, sgubwyd Caradog a'i ddynion o'u blaen fel broc a syrthiodd y brifddinas i ddwylo'r gelyn. Lladdwyd llawer yn ystod yr ymladd, ond llwyddodd Caradog a'i deulu a dyrnaid o'i filwyr i ddianc i barhau'r frwydr.

Aethant at y Brythoniaid oedd yn byw yn ne Cymru a chael croeso mawr ganddynt. Yr enw arnynt oedd y Silwriaid ac roeddent yn bobl wrth fodd calon Caradog. Cafodd aros yn llys Cadfan, eu brenin, a threuliodd oriau lawer yn ei gwmni yn cynllunio ymgyrch yn erbyn y Rhufeiniaid.

'Rydw i'n clywed fod y Rhufeiniaid wedi trechu'r holl wlad o gwmpas Camulodunum,' meddai Cadfan.

'Do, yn anffodus, doedd gan fy mhobl ddim gobaith yn erbyn y fath fyddin, yn enwedig ar ôl i hanner y brenhinoedd ildio i'r Rhufeiniaid heb godi bys i'w gwrthwynebu.'

'Yn ôl pob tebyg, maent â'u golwg arnom ni yn awr, ond ildiwn ni byth. Fe gânt fynd â'n cartrefi, ein cnydau, ein heiddo, ein tiroedd, ond ildiwn ni byth. Fe gollwn ni bopeth er mwyn cadw ein rhyddid.'

'Bydd yn rhaid i ni eu hymladd yn gyfrwys iawn,' meddai Caradog. 'Maen nhw'n rhy gryf i'w trechu mewn un frwydr fawr ond fe allwn eu herio a'u poeni am flynyddoedd gyda mân ymosodiadau.'

'Ie – disgwyl, taro a diflannu'n ôl i'r coedwigoedd a'r bryniau. Threchan nhw byth mohonom ni.'

Ac felly'n union y bu pethau. Llwyddodd y goresgynwyr i drechu iseldir Lloegr yn weddol ddi-lol mewn tair blynedd ond roedd yn stori wahanol iawn gyda Chymru.

Cyn gynted ag y byddai'r Rhufeiniaid yn anfon llu o filwyr i chwilio am wendid yn amddiffynfeydd Caradog a Cadfan, byddai gwylwyr llygadog yn eu gweld ac yn cludo'r neges. Gadewid iddynt ddod yn ddigon pell i'r coed a'r bryniau i fethu dianc ac yna ymosodid arnynt. Byddai'r Brythoniaid yn ymddangos yn ddirybudd, mor ddistaw ag ysbrydion ac anaml iawn y gallai'r un Rhufeiniwr ddianc i adrodd yr hanes.

Felly y bu am flynyddoedd, gyda'r Rhufeiniaid yn dioddef colledion mawr, heb ennill yr un fodfedd o dir. Roedd yn sefyllfa beryglus iawn iddynt oherwydd roedd y Brythoniaid a drechwyd yn gweld llwyddiant Caradog ac yn dechrau sôn am godi yn erbyn eu concwerwyr. Yn wir, roedd Caradog yn ddraenen fawr yn ystlys y Rhufeiniaid ac nid oedd obaith ychwanegu Prydain oll at eu hymerodraeth nes ei drechu.

Daethpwyd â chadfridog newydd i fod yn bennaeth y byddinoedd Rhufeinig ym Mhrydain ac un dasg oedd ganddo – trechu Caradog. Enw'r dyn hwn oedd Ostorius Scapula – dyn caled, dideimlad, yn meddwl am ddim ond buddugoliaeth, gan yrru ei filwyr yn ddidrugaredd. Gyda'i drwyn Rhufeinig, bwaog a'i wyneb creulon, edrychai'n debyg iawn i'r eryr a gludid o flaen y fyddin Rufeinig i bobman.

'Mae'n gywilydd o beth nad yw'r fyddin wedi dal y Caradog yma,' meddai. 'Mae'n rhaid bod y milwyr wedi bod yn gorffwys ar eu rhwyfau ac yn anwybyddu eu dyletswyddau. Wel, fe gânt weld beth yw beth yn awr. O, cânt! Ac fe gaiff y Caradog yna weld hynny hefyd! Pwy mae o'n feddwl ydi o, yn herio'r Ymerodraeth Rufeinig?'

Ddywedodd y swyddog oedd yn gwrando arno'r un gair o'i ben. Aeth y bregeth ymlaen.

'Mi gaiff y Brython yma weld faint sydd yna tan y Sul.

Wna' i ddim gorffwys nes ei drechu – a chaiff yr un o'r milwyr orffwys chwaith. Galwch nhw ynghyd, does dim munud i'w wastraffu!'

Gwyddai Ostorius y byddai ymosod yn uniongyrchol ar Caradog yn ne Cymru yn wastraff amser llwyr gan y medrai ffoi gyda'i ddilynwyr i fynyddoedd y gogledd pe dymunai. O syllu'n hir ar ei fapiau, penderfynodd Ostorius ymosod ar ogledd Cymru'n gyntaf a threchu Brythoniaid y Deceangli a'r Ordoficiaid oedd yn byw yno. Gwyddai wedyn y medrai ddefnyddio ei filoedd milwyr fel crafanc anferth yn cau am Caradog o ddau gyfeiriad, heb roi lle iddo ffoi.

'Fydd ganddo ddim gobaith. Lladdwn bawb sy'n ein gwrthwynebu a llosgi'r tai a'r cnydau fel na fydd ganddo fwyd na chysgod i droi atynt. Mae'n hen bryd i'r Brython hwn weld sut y mae'r Rhufeiniaid yn delio â phobl sy'n eu gwrthwynebu.'

Ac felly fu. Rhannodd Ostorius ei fyddin yn ddwy ran. Defnyddiodd un hanner i gadw Caradog yn brysur yn y de, tra bod yr hanner arall yn ymosod ar y gogledd. Ond nid aeth pethau yn union yn ôl cynllun Ostorius. Llwyddwyd i drechu'r Deceangli ond roedd yr Ordoficiaid, pobl Gwynedd a'r canolbarth yn rhy gyfrwys a chryf i'r Rhufeiniaid. Cyn pen dim roedd Cymru oll yn eu hymladd a Caradog yn Eryri yn trefnu ymosodiadau di-ri ac yn cryfhau'r ceyrydd oedd yn amddiffyn tiroedd yr Ordoficiaid.

Roedd balchder Ostorius wedi ei bigo gan fethiant ei ymgyrch ac roedd yn benderfynol o'i ddal. Galwodd arweinwyr y fyddin ato.

'Mae'r Caradog hwn yn dân ar groen yr ymherodr. Maent hyd yn oed yn siarad amdano ar strydoedd

Rhufain ei hun. Edrychwch ar yr adroddiadau hyn! Wyddoch chi ei fod wedi dwyn yr holl aur oedd i fod i dalu cyflogau'r milwyr sy'n ceisio'i ddal yr wythnos diwethaf? Ac wyddoch chi sut wnaeth o? Roedd o wedi ei wisgo fel swyddog Rhufeinig. A'r wythnos hon mae wedi ymosod ar brif wersyll y fyddin yn y de, gan ei losgi'n ulw. Mae'n gwneud ffyliaid ohonom!'

Dechreuodd y swyddogion grynu yn eu sandalau wrth glywed Ostorius yn codi ei lais. Dyn a ŵyr beth wnâi pan gollai ei dymer. Taflodd yr adroddiad i'r tân.

'Mae'n rhaid dal Caradog – YN AWR! Wel, beth sydd gennych i'w awgrymu? Dewch yn eich blaen!'

'Syr,' meddai un, a golwg ffuretaidd, slei arno, 'mae dulliau arferol y fyddin wedi methu ei ddal. Meddwl oeddwn i, syr . . . '

'Ie, ie – meddwl beth, ddyn?'

' . . . wel, meddwl oeddwn i, mae'r ffyrdd arferol wedi methu dal Caradog am nad yw'n ymladd yn y ffordd arferol.'

'Mae hynny'n wir, yn anffodus,' meddai Ostorius.

'Meddwl oeddwn i, syr,' meddai'r swyddog, a'i lygaid cyfrwys yn syllu i wyneb ei bennaeth, 'beth am i ninnau ddefnyddio'r un dulliau.'

'Beth wyt ti'n awgrymu?'

'Maen nhw'n dweud fod Caradog yn treulio llawer o'i amser y dyddiau hyn yn cryfhau'r ceyrydd ar ffin tir yr Ordoficiaid. Beth am yrru ysbïwyr i weld yn union ble mae o ac yna mynd â byddin fechan o filwyr profiadol i ymosod arno'n ddiarwybod, fel y mae ef yn ei wneud i ni.'

'Syniad campus! Byddwn yn sicr o ddal y cnaf y tro hwn!'

Cyn hir, daeth adroddiadau i law bod Caradog a'i ddynion wrthi'n cryfhau caer ger y ffin bresennol rhwng Cymru a Lloegr. Ei henw hyd heddiw yw Caer Caradog.

Heb yn wybod i'r Brythoniaid, daeth Ostorius â byddin gref i'w hamgylchynu ac am y tro cyntaf mewn wyth mlynedd, roedd yn rhaid i Caradog ymladd brwydr yn null y Rhufeiniaid. O'r dechrau, gwyddai nad oedd ganddo obaith ond roedd mor benderfynol ag erioed i beidio ag ildio.

Gwelsai un o'r gwylwyr ar fur y gaer yr haul yn cael ei adlewyrchu oddi ar arfau rhai o'r Rhufeiniaid, a bloeddiodd rybudd. Ond roedd yn rhy hwyr. Roeddent wedi eu hamgylchynu'n llwyr. Clowyd y dorau coed mawr a rhuthrodd pawb am ei gleddyf a'i waywffon.

'Does gennym ddim dewis ond dal ein tir,' meddai Caradog. 'Ymladdwch yn ddewr. Cofiwch eich bod yn ymladd dros ein hawl fel Brythoniaid i fyw yn rhydd. Mae Ostorius fel bwystfil yn ysu am ein lladd: ewch i amddiffyn y mur yn ei erbyn!'

Ymladdodd Caradog a'i wŷr yn ddewr ond roedd gormod o'r Rhufeiniaid. Cyn sicred ag y byddent yn atal y Rhufeiniaid rhag bylchu'r mur mewn un lle, roedd mwy yn ymosod mewn lle arall. Dim ots beth daflai'r Brythoniaid atynt, dal i ymosod o'r tu ôl i gysgod eu tariannau mawr a wnâi'r gelyn.

Gyda rhu fuddugoliaethus, daeth ugeiniau o'r Rhufeiniaid dros y mur ac roedd popeth drosodd. Ond tybed?

'Ble mae Caradog?' bloeddiodd Ostorius.

'Wn i ddim, syr,' meddai'r swyddog arweiniodd yr ymosodiad. 'Rydan ni wedi dal ei wraig a'i ferch, syr, ond does dim golwg ohono fo.'

'Beth?!' Roedd Ostonus yn gandryll. 'Chwiliwch bob twll a chornel o'r gaer. Chwalwch bob adeilad. Mae o yma yn rhywle. Gwae chi os gwnaiff o ddianc! Fe'ch chwipiaf i farwolaeth.'

Bu chwilio dyfal, oherwydd gwyddai'r milwyr y byddai'r pennaeth creulon yn dial arnynt os dihangai Caradog. Ond roedd y cwbl yn ofer. Roedd Caradog wedi diflannu.

'Oes rhywun wedi gadael y gaer?' holodd Ostorius.

'Neb, syr . . . neu o leiaf wnaeth yr un Brython adael.'

'Beth wyt ti'n feddwl?'

'Wel, fe fyddwn i'n sicr o adnabod Caradog, syr. Na, yr unig un sydd wedi mynd allan yw swyddog Rhufeinig.'

'O, ie?' meddai Ostorius. 'Paid â dweud wrthyf fi – un tal, hefo gwallt coch?'

'Ie, syr. Sut wyddech chi?'

'Y PENBWL DWL! Rwyt ti wedi gadael i Caradog ddianc! Fe gei di dalu am hyn! Filwyr – rhwymwch y ffŵl yma a'i gadw nes y medraf i feddwl am gosb ar ei gyfer! Mae ei chwipio i farwolaeth yn rhy dda iddo fo!'

Er bod ei deulu wedi ei ddal, roedd Caradog â'i draed yn rhydd ac yn fwy penderfynol nag erioed o ymladd yn erbyn y Rhufeiniaid. O Gymru aeth i gyfeiriad Ardal y Llynnoedd lle'r oedd y Brythoniaid a elwid Brigantes yn byw.

Brenhines oedd yn arwain y Brigantes, gwraig o'r enw Cartimandua. Cafodd Caradog groeso ganddi, ond rywsut neu'i gilydd ni theimlai fod ei chroeso mor frwd ag yr hoffai. Ac roedd yn iawn. Derbyniodd y Brigantes Caradog â breichiau agored, oherwydd buont yn ysu am gael cyfle i ymladd y Rhufeiniaid ers blynyddoedd ond bod y frenhines yn eu hatal. Tra câi hi lonydd, roedd yn fodlon gadael i bobl eraill ymladd. Pan welodd ei phobl yn tyrru i gefnogi Caradog, aeth yn genfigennus iawn. Hi a neb arall oedd i fod yn geffyl blaen a dechreuodd gynllwynio yn erbyn Caradog.

Anfonodd negesydd at Ostorius yn addo rhoi Caradog iddo'n garcharor ac addawodd yntau swm sylweddol o arian iddi os llwyddai i wneud hynny.

Rhoddodd Cartimandua bowdwr cysgu ym mwyd yr arwr un noson a thra cysgai'n drwm, rhwymodd ef law a throed â chadwyn haearn, gref. Ac felly, trwy dwyll, y cafodd y Rhufeiniaid afael ar Caradog. Ond nid dyma ddiwedd yr hanes.

* * *

Yn Rhufain, roedd paratoadau mawr ar y gweill. Clywsai'r ymherodr Claudius fod Caradog wedi'i ddal o'r diwedd ac roedd ef a deg brenin Brythonig arall a ddaliwyd yn yr ymladd ym Mhrydain i'w gorymdeithio drwy strydoedd prifddinas yr ymerodraeth. Roedd am i'w bobl weld arweinydd mor gryf ydoedd ac mor ddewr oedd milwyr Rhufain. Ers wythnosau bellach, bu seiri maen wrthi ddydd a nos yn codi bwa buddugoliaeth anferth i ddathlu'r achlysur ac roedd Ostorius a'r carcharorion i orymdeithio drwyddo at yr ymherodr ei hun. Rhoddwyd diwrnod o wyliau i bawb yn Rhufain er mwyn iddynt gael dod i weld yr orymdaith.

Roedd holl adeiladau godidog canol Rhufain wedi eu haddurno ar gyfer yr achlysur – y Fforwm, neu'r senedd-dy, y temlau colofnog, y theatrau a'r holl adeiladau cyhoeddus. Yn haul cryf y bore, roedd gwynder y marmor bron â dallu'r miloedd a safai o boptu'r strydoedd. Yr ochr bellaf i fwa newydd Claudius, gwelid yr ymherodr ei hun yn eistedd ar orsedd aur gyda'i filwyr dethol, y Llu Pretoria, yn ei warchod. Llanwai balchder lawer calon Rufeinig y bore hwnnw wrth edrych ar Claudius yn ei wisg sgarlad a'i filwyr yn eu llurigau dur disglair, pob un â tharian goch wrth ei ochr.

Yna, clywyd sŵn utgyrn o gyfeiriad y mur allanol. Roedd Ostorius, arwr yr ymgyrch ym Mhrydain ar ei ffordd! Ar hyd y ffordd lydan tua'r ymherodr daeth lleng o filwyr gydag Ostorius ei hun ar y blaen mewn cerbyd rhyfel yn cael ei dynnu gan ddau geffyl claerwyn. Roedd gwên falch ar ei wyneb creulon a'i filwyr yn martsio'n ysgafndroed o wybod am y croeso oedd yn eu disgwyl.

Clywid bloedd croeso trigolion Rhufain i'w milwyr ymhell tu hwnt i saith bryn y ddinas, gan ddychryn holl adar y gymdogaeth a pheri iddynt godi'n un cwmwl uwchben.

Yna, dechreuodd y chwerthin a'r sbeitio wrth i'r dyrfa weld y carcharorion yn cerdded y tu ôl i'r llengfilwyr. Roeddent i gyd wedi eu cadwyno yn ei gilydd a cherddent yn benisel a thrist, fel y gellid disgwyl gan bobl wedi eu trechu. Deuai dilynwyr pob un o'r un ar ddeg brenin i ddechrau, yna ei deulu ac yna'r brenin ei hun.

'Sbïwch ar hwnna! Brenin myn brain i! Mae Ostorius wedi torri ei grib o!'

'Wisgith o ddim coron eto! Yr unig beth fydd o'n ei wisgo fydd cadwyn caethwas – os ydi o'n lwcus!'

'Efallai y pryna' i fo i olchi llawr y tŷ acw!'

'Hy! Cael ei ladd mae o'n ei haeddu am ymladd yn erbyn ein hogiau ni.'

Yn olaf, daeth dilynwyr a theulu Caradog, gyda'r arwr ei hun ar ddiwedd yr orymdaith gyda dau filwr wrth ei ochr. Aeth yr holl dyrfa'n ddistaw wrth weld Caradog. Yn wahanol i'r miloedd carcharorion eraill, cerddai ef â'i ben yn uchel ac urddasol, fel y gellid disgwyl gan frenin. Safai ben ac ysgwydd uwchben y ddau filwr a'i gwarchodai.

O'r diwedd, cyrhaeddodd y carcharorion gerbron gorsedd aur Claudius a daeth y gorchymyn 'Penliniwch!' Ar unwaith syrthiodd pob un ar ei liniau yn wasaidd, yn barod i ymbil am faddeuant . . . Pob un ddywedais i? Na. Roedd un yn dal ar ei draed, yn sefyll yn ddewr, gan herio Claudius – a Caradog oedd hwnnw, wrth gwrs. Er ei fod wedi ei ddal, nid oedd ei ysbryd wedi ei drechu ac yn bendant nid oedd yn mynd i benlinio i'w elyn. Syllodd i fyw llygaid yr ymherodr heb unrhyw arwydd o ofn nac ansicrwydd.

'Ai ti yw Caradog?' gofynnodd Claudius.

'Ie. A thi yw Claudius mae'n siŵr.'

Synnodd y Rhufeiniaid glywed carcharor yn siarad fel hyn gyda'r ymherodr a chlywid y dyrfa anferth yn tynnu eu gwynt atynt yn sydyn.

'Pam nad wyt yn ymgrymu o'm blaen, garcharor?'

'Pam ddylwn i? Chi yw'r pennaeth yma: yn fy ngwlad fy hun roeddwn innau'n frenin. Nid yw brenin yn plygu i frenin arall. I chi, mae'r foment hon yn un i ymfalchïo ynddi, ond i mi mae'n sarhad. Yn fy ngwlad fy hun, roedd gen i arfau a milwyr a cheffylau ac roeddwn yn ddyn cyfoethog. Ydych chi'n synnu nad oeddwn i eisiau eu colli? Rydych chi a'ch milwyr eisiau concro'r byd ond ydych chi'n disgwyl i bawb dderbyn hynny'n ddigwestiwn?

Llwyddais i ymladd yn erbyn eich milwyr gorau am flynyddoedd ond bellach rydych wedi fy nal. Os ydych chi'n bwriadu fy lladd i ddial am hyn, dewch yn eich blaen. Chymer o ddim llawer o amser a bydd pawb yn anghofio am enw Caradog mewn dim amser. Ar y llaw arall os gadewch chi i mi fyw, bydd pawb yn cofio fy enw a thrugaredd Rhufain.'

Roedd Caradog mor urddasol fel na fedrai Claudius ond cydymdeimlo ag ef. Nid yn unig cafodd arbed ei fywyd, ond cafodd ef a'i deulu eu rhyddhau. Cofiwch chi, wnaeth Claudius ddim gadael i Caradog ddychwelyd i Brydain chwaith – rhag ofn iddo fo ddechrau ymladd yn ei erbyn unwaith yn rhagor.

Arwr difyr mewn cartŵn yw Asterix ond arwr go iawn, o gig a gwaed oedd Caradog. Mae ei hanes yn dangos nad yw Cymry gwerth eu halen yn fodlon cael eu rheoli gan genedl arall a cholli eu hawliau.

CAE'R MELWR

Fuoch chi mewn priodas erioed? Maen nhw'n gallu bod yn andros o hwyl, efo pawb yn pledu reis a chonffeti am y gorau a digonedd o fwyd a diod. Ran amlaf, maen nhw'n achlysuron hapus tu hwnt ond er bod mis mêl i ddilyn pob priodas, dydi'r llwybr at yr allor ddim yn fêl i gyd bob amser.

Stori felly ydi'r nesaf yma, a honno wedi digwydd yn Nyffryn Conwy - yn ffermdy Cae'r Melwr ar gyrion tref Llanrwst, a bod yn gysact.

Mewn gwirionedd, mae tŷ Cae'r Melwr ychydig yn fwy na ffermdy arferol ac yn debycach i blasty bychan. A dyna'n union oedd o'n wreiddiol, oherwydd fe'i codwyd o gan ddyn o'r enw Owen Wynn, mab Syr John Wynn o Wydir, un o ddynion cyfoethocaf ac enwog

92

Dyffryn Conwy ers talwm.

Bu llawer tro ar fyd yn y plasty bach dros y blynyddoedd ond eto, roedd rhyw urddas a balchder yn dal yn perthyn i'r lle – ac i'r bobl oedd yn byw yno.

Ymhell, bell yn ôl roedd gŵr a gwraig o'r enw Gwilym a Marged Rhys yn byw yng Nghae'r Melwr ac roedd ganddynt un plentyn – merch fach. Fel pob unig blentyn hi oedd cannwyll eu llygaid ac roedd rheswm da dros hynny. Pan oedd hi'n ddim o beth hyd yn oed, roedd hi'n eithriadol o dlws, gyda chroen fel petalau'r rhosyn cyn i wlith y bore godi a gwallt mor ddu â'r nos ar Galan Gaeaf. Ei henw oedd Elen a dotiai pawb ati.

'Tydi hi'n beth fach annwyl, deudwch?'

'Sbïwch arni mewn difri calon – mae hi fel babi dol !'

'Mi dorrith hon galon sawl un pan dyfith hi!'

Yr un pryd, roedd bachgen bach yn cael ei fagu yn Nhyddyn y Coed – y murddun sydd i'w weld gerllaw. Safai'r tŷ ar dir Cae'r Melwr yn yr hen ddyddiau ac roedd yn eiddo i Gwilym Rhys. Ynddo trigai un o weision y fferm gyda'i wraig a saith o blant. Enw'r ieuengaf ohonynt oedd Jac ac yn rhyfedd iawn ganed ef ac Elen yr un diwrnod, ond yn anffodus bu farw ei dad yn fuan wedi hynny. Ef oedd bach y nyth a chafodd lawer o sylw gan ei frodyr a'i chwiorydd hŷn, yn ogystal â'i fam.

'Ew, sbïwch arno fo'n sgwario, Mam!'

'Ia wir – mi wnaiff hwn weithiwr dan gamp i rywun yn y dyfodol, yn union fel yr oedd ei dad druan.'

'Gwnaiff wir,' meddai Ann, y ferch hynaf, 'mae o rêl Jero. Wedi dianc i fyny llwybr Cae'r Efail yr oedd o pnawn 'ma – wedi mynd i chwilio am y gath medda fo!'

'Y gwalch bach!' Er bod ei fam weddw'n dweud y

drefn wrtho'n aml, roedd yn meddwl y byd o Jac ac yn gweld llawer o'i gŵr ynddo.

Lle'r oedd Elen yn dywyll, pryd golau oedd Jac, gyda dau lygad cyn lased a dyfned â'r môr ganol haf a'i wallt melyn yn tonni'n braf fel cae ŷd ganol Awst.

Aeth amser heibio a daeth yn amser gyrru Elen i'r ysgol yn Llanrwst. Oherwydd eu gofal ohoni, roedd ei rhieni yn awyddus iddi gael cwmni yno rhag iddi fod yn unig. Yr ateb amlwg wrth gwrs oedd Jac, ond er ei fod yn hogyn peniog, fedrai ei fam weddw byth fforddio i dalu am ei ysgol fwy nag y medrodd ei wneud gyda'i chwe phlentyn arall. Byd felly oedd hi ers talwm. Fodd bynnag, oherwydd eu bod yn awyddus i Elen gael cwmni ac oherwydd fod digon o allu yn Jac, penderfynodd Gwilym Rhys y talai am addysg y ddau. Yn y bôn, roedd yn ddyn eithaf caredig a dyma'r ail ffafr iddo ddangos i'r wraig weddw a'i phlant. Pan fu farw ei gŵr disgwyliai pawb iddo eu taflu o'u bwthyn, oherwydd tŷ ar gyfer yr hwsmon, prif was y fferm oedd Tyddyn y Coed, ond tosturiodd wrthynt oherwydd bu Guto Siôn yn was da a ffyddlon iddo am flynyddoedd lawer.

'Diolch o galon i chi Gwilym Rhys – dwn i ddim sut wna' i dalu'n ôl i chi, na wn i wir.'

'Twt, peidiwch â phoeni dim Nanw Siôn – peth bach ydi o ac mi fydd Jac yn gwmpeini i Elen fach yn yr ysgol.'

'Bydd – ac mi wna' i'n siŵr y gwnaiff o ofalu na chaiff y gwynt chwythu arni hi.'

'Da iawn chi, ac os bydd o'n sgolar go lew mi gadwaf i le iddo fo ar y fferm. Mae cael gwas bach da sy'n meddwl drosto'i hun yn brin iawn.'

'Bendith arnoch chi, Gwilym Rhys!'

Aeth Elen a Jac i Ysgol Llanrwst hefo'i gilydd a gwnaeth Jac yn siŵr ei fod yn eistedd wrth ei hochr ym mhob gwers. Cafodd lonydd am gyfnod ond cyn bo hir dechreuodd rhai o'r hogiau ei sbeitio.

'Dyma fo'n dod, hogia – Jac-cadi-ffan!'

'Lle mae dy bais di Jac?'

'Pam na wnei di ddod hefo ni yn lle aros hefo'r hen hogan yna drwy'r amser?'

'Am fy mod i wedi addo edrych ar ôl Elen.'

Ddywedodd Jac yr un gair arall a gwnaeth hynny'r bechgyn yn fwy hy. Roedden nhw'n meddwl fod arno eu hofn ac un diwrnod, er mwyn ei herio aeth un ohonynt at Elen a rhol plwc milain i'w gwallt cyn rhedeg i ffwrdd. Llamodd Jac arno 'n syth.

'Y cenau brwnt, fe gei di dalu am hynna!'

'Tria, llanc.'

CLONC! Aeth dwrn Jac i bwll ei stumog.

'Aaaw! Paid! Mi wyt ti'n brifo.'

'Mi frifaist tithau Elen hefyd.'

'Helpwch fi hogiau . . . '

Ond roedd yr hogiau wedi gweld un mor abl hefo'i ddyrnau oedd Jac ac roeddent yn amharod iawn i godi bys i gynorthwyo eu cyfaill.

'Beth ar wyneb y ddaear sy'n digwydd yma?'

'Y . . . dim byd, syr.'

Erbyn hyn roedd y bechgyn wedi diflannu, gan adael Jac a'r bwli.

'Wel, Jac Siôn, beth ydi ystyr peth fel hyn? Mm . . . ?'

Ddywedodd Jac ddim gair o'i ben.

'Beth sydd gennyt ti i'w ddweud am y mater Eilir Wyn?'

'Jac Siôn oedd yn fy sbeitio fi, syr. Chymerais i ddim sylw ohono fo, ond wedyn mi roddodd o ffatan imi.'

Bu ond y dim i Jac ffrwydro o glywed y celwydd noeth hwn ond brathodd ei dafod. Gwyddai y byddai'r athro cas yn cosbi Elen hefyd os dywedai'r gwir, er ei bod hi'n hollol ddiniwed.

'I'm stafell i'r eiliad yma, Jac Siôn. Fe gei di weld sut ydw i'n delio hefo pobl sy'n cwffio yn fy ysgol i.'

Roedd yr athro'n benderfynol o wneud Jac yn esiampl i'r plant eraill a llusgodd ef i flaen y dosbarth, i dderbyn ei gosb yng ngŵydd y lleill.

'Dal dy law dde allan!'

Daliodd Jac ei law dde allan yn syth, gan edrych ym myw llygaid yr athro. Roedd yn benderfynol o dderbyn y gosb annheg yn ddewr a heb wylo. Gwyddai fod pawb, gan gynnwys Elen, yn syllu arno. Erbyn hyn, roedd yr athro wedi estyn cansen fain ac yn ei phrofi drwy ei chwyrlïo drwy'r awyr. Chwibanai'n filain. Gwyddai Jac y byddai'n andwyo ei law ond roedd yn benderfynol o ddioddef yn ddistaw.

'Fe gei di chwe thrawiad am gwffio. Un . . . dau . . . tri . . . pedwar . . . pump . . . chwech.'

Er bod ei law yn teimlo fel petai ar dân, teimlai Jac yn ddiolchgar ei fod wedi gallu derbyn y gosb heb i ddeigryn ddod i'w lygaid. Cychwynnodd yn ôl am ei sedd ond galwodd yr athro ef yn ôl.

'Aros. Dydi dy gosb di ddim drosodd eto. Fe ddywedaist gelwydd wrthyf i, a rhaid cosbi hynny hefyd. Dal dy law chwith allan.'

Clywodd y dosbarth i gyd yn tynnu eu gwynt atynt ac Elen yn ochneidio. Daliodd yntau ei law allan eto a gwasgu ei ddannedd yn dynn er mwyn dioddef y boen arteithiol.

'Un . . . da . . . tri . . . Mi dysga' i chdi i beidio dweud celwyddau . . . o gwnaf. Pedwar . . . ' Roedd yr athro mor benderfynol o gael Jac i grio roedd yn ei daro â'i holl nerth ac yn sgyrnygu'n wyllt. Yn wir, fe'i trawodd mor galed nes torrodd y gansen fel brwynen.

Am eiliad fer, meddyliodd Jac y câi fynd yn ôl i'w sedd. Ond na. Roedd yr athro'n benderfynol o'i gosbi i'r eithaf ac estynnodd gansen arall – hen un, gyda'i blaen wedi hollti'n ddarnau mileinig yr olwg.

'Pump . . .

Teimlai Jac holltau'r gansen yn torri i gledr ei law fel llafnau, ond doedd ond un i fynd.

' . . . Chwech! Eistedda – a gad i hynna fod yn wers i chdi, ac i bawb arall hefyd.'

Roedd llaw dde Jac yn wrymiau cochion hyll ond am ei law chwith, roedd honno mewn cyflwr truenus a'r croen wedi agor fel pennog.

O'r diwrnod hwnnw ymlaen, roedd Elen yn meddwl y byd o Jac ac erbyn iddynt orffen yn Ysgol Llanrwst roeddent yn gariadon.

Gwahanu fu eu hanes wedyn, fodd bynnag, gydag Elen yn cael ei gyrru i ysgol fonedd, grand yn Lloegr a Jac yn cael gwaith fel gwas bach yng Nghae'r Melwr. Roedd wrth ei fodd yno a Gwilym Rhys yntau yn gweld ei hun wedi cael gwas tan gamp. Gweithiodd Jac yn galed a dysgodd yr holl sgiliau oedd eu hangen ar fferm y dyddiau hynny – aredig gyda gwedd o geffylau, hau, pladuro, ffustio, cneifio, godro, codi cloddia . . . Roedd y rhestr yn hir, ond brwdfrydedd Jac yn ddi-ball.

Sylweddolai Gwilym Rhys hynny a gofalai roi codiad cyflog blynyddol iddo er mwyn ei gadw. Wedi'r cwbl, fel y dywedodd sawl tro wrth Marged ei wraig:

'Mae gweision call a gweithgar fel Jac yn brin fel aur ac mae o'n haeddu pob dimai o gyflog mae o'n gael. Mi fyddai'n helynt ei golli fo ac mae arna i ofn hynny, a Ffair Gyflogi Llanrwst yn dynesu eto.'

'Ia wir, Gwilym, hogyn da iawn ydi Jac. Roeddwn i'n edrych arno fo'n aredig ddoe. Roedd hi'n werth ei weld o'n gafael yng nghyrn yr aradr, a'r cwysi'n union fel saeth. Mae o'n gaffaeliad i ni, ydi wir.'

Bob diwrnod marchnad yn Llanrwst, byddai Gwilym yn rhoi mwy a mwy o gyfrifoldeb i Jac – fo fyddai'n dewis yr anifeiliaid ac yn bargeinio gyda'r porthmyn, ac nid oedd taw ar ganmoliaeth Gwilym iddo ar strydoedd y dref.

Cofiwch chi, fydden nhw ddim mor bles â Jac petaen nhw'n gwybod ei fod ef ac Elen yn gariadon ac yn sgrifennu at ei gilydd yn gyson. Yn ei llythyrau at ei rhieni soniai Elen fel yr edrychai ymlaen at ddod adre'n ôl i Ddyffryn Conwy – ond mewn gwirionedd roedd ganddi hiraeth am fwy na bro ei mebyd!

Gwnaed Jac yn eilwas Cae'r Melwr ar ôl rhai blynyddoedd ac erbyn ei fod yn ugain oed, ef oedd yr hwsmon. Roedd yr hen wraig ei fam uwchben ei digon – ac nid hi oedd yr unig un. Erbyn hynny roedd Elen wedi gorffen ei haddysg ac yn ôl gartref ac yn caru'n ddistaw bach hefo Jac – yn ddistaw bach am y rheswm syml fod ei rhieni yn gobeithio y byddai eu merch yn priodi gŵr cyfoethog. Dim ots faint feddylient o Jac, roedd un peth yn siŵr, doedd o ddim yn ŵr cyfoethog. Wrth gwrs, roedd yn amlwg i bawb ond Gwilym a Marged Rhys fod Jac ac Elen dros eu pen a'u clustiau mewn cariad â'i gilydd.

Un diwrnod aeth Gwilym Rhys â chenfaint o foch i farchnad Conwy i'w gwerthu. Oherwydd iddo gael pris go dda amdanynt penderfynodd fynd i un o westai gorau'r dref i ddathlu drwy brynu cinio blasus iddo'i hun a Jac. Roedd y lle yn llawn ffermwyr yn yfed a bwyta cyn dychwelyd at y prynu a'r gwerthu.

'S'mai Gwilym, Jac?'

'Iawn diolch – a chitha?'

'Fedra i ddim cwyno. Beth sy'n dod â chi i'r parthau yma?'

'Gwerthu ychydig o foch oeddwn i – ac fe gefais bris go lew amdanyn nhw hefyd, os caf i ddweud.'

'Do wir?'

'Do. Ond dyna fo, Jac yn y fan yma oedd yn gyfrifol amdanyn nhw. Welais i neb tebyg iddo fo am ddewis mochyn da – neu unrhyw anifail arall o ran hynny. Ac mae o'n fargeiniwr penigamp.'

'Ia, wir? Fe glywais i o le go dda ei fod o'n un da iawn am ddewis cariad hefyd, yn dwyt Jac?'

'O ie, pwy ydi honno felly?' meddai Gwilym.

'Rhywun sy'n byw'n agos iawn atoch chi,' meddai'r ffermwr, yn ddigon uchel i'w gyfeillion yn y gwesty glywed ac roedd pawb yn rowlio chwerthin wedyn wrth wrando ar Gwilym Rhys yn holi Jac i geisio darganfod pa un o ferched cylch Llanrwst oedd ei gariad!

Drannoeth cafodd wybod y gwir gan fab un o ffermydd y cylch. Roedd hwn yn genfigennus iawn o Jac, gan ei fod yntau hefyd wedi gwirioni ar Elen a hithau'n edrych ar neb ond Jac. Wrth ddweud wrth ei thad, gobeithiai y câi'r cariadon eu gwahanu ac y byddai ef yn cael ei draed o dan y bwrdd.

Bu'n andros o le yng Nghae'r Melwr, gyda Gwilym Rhys yn dweud y drefn wrth Elen.

'Yli Elen, rydw i'n gobeithio y byddi di'n priodi gŵr bonheddig rhyw ddiwrnod.'

'Ond Tada bach, mae Jac yn ŵr bonheddig – y mwya bonheddig yn yr ardal.'

'Mae o'n foneddigaidd, ydi, ond dydi o ddim yn ddyn cyfoethog – ac mi ydw i'n awyddus i ti briodi gŵr cefnog. Wedi'r cwbl, chefaist ti mo dy fagu mewn tlodi ac yn anffodus gwas ffarm – un coblynnig o dda, cofia – ydi Jac. Fydd o byth yn ddyn cefnog.'

'Fe wn i hynny hefyd Tada, ond beth ydi'r ots? Mae hapusrwydd yn bwysicach nag arian ac fe wn i y byddwn i'n hapus hefo Jac. Rydw i'n ei garu o ac y mae yntau'n fy ngharu innau. Mae mor syml â hynny.'

'Dydi hi ddim mor syml â hynny Elen. Wnes i erioed ofyn i ti wneud dim byd yn groes i'th ewyllys o'r blaen, ond rydw i'n gofyn i ti orffen y garwriaeth yma hefo Jac. Rydw i'n sylweddoli y bydd hi'n anodd arnat ti – wedi'r cwbl, mae o'n hen hogyn clên . . . '

'Anodd ddywedoch chi? Fe fydd yn amhosib!'

'Reit, os mai fel yna mae ei deall hi, rydw i'n *gorchymyn* i ti beidio â'i weld eto. Wyt ti'n addo?'

'O, Tada, wyddoch chi beth ydych chi'n ofyn i mi ei wneud? Fedra i ddim!'

Rhedodd Elen allan o'r stafell, gan adael Gwilym a Marged yn syllu ar ei gilydd. Chymerodd Marged ddim rhan yn y ddadl am y rheswm ei bod yn tueddu i ochri ag Elen, yn ddistaw bach, ac yn hoff iawn o Jac.

Y noson ganlynol, fel y digwyddai fod, roedd gŵr bonheddig o Loegr yn ymweld â Phlas Gwydir ac oherwydd ei fod yn perthyn o bell i deulu'r Wynniaid, rhoddwyd gwahoddiad i Gwilym fynd yno am swper. Tirfeddiannwr oedd y dieithryn ac yn ystod y dydd bu'n crwydro'r ardal, yn edrych ar y gwahanol ddulliau o ffermio. Pan gyflwynwyd Gwilym Rhys iddo, goleuodd ei lygaid.

'Mr Rhys, sut ydych chi. Mae'n dda calon gen i eich cyfarfod chi.'

'A finnau chithau, syr.'

'Chi sydd yn byw yng Nghae'r Melwr onide?'

'Ie, dyna ni.'

'Roeddwn yn edrych ar eich tir y prynhawn yma. Mae eich fferm yn batrwm ac yn glod i chi. Mae graen ar eich caeau a phob un fel pin mewn papur.'

'Nid i mi y mae'r clod yn ddyledus, ond i'm hwsmon, Jac.'

'A ie, roeddwn i eisiau gair â chi amdano fo. Fe'i gwelais yn lladd gwair heddiw. Prin medrai gweddill y pladurwyr gadw i fyny ag ef. Mae'n ŵr ifanc arbennig iawn.'

'Ydi wir,' meddai Gwilym, 'mae Jac yn batrwm o was.'

'Dywedwch i mi, Mr Rhys, a oes modd i mi eich perswadio i'w ryddhau i ddod i weithio ar fy stad yn Lloegr? Rwyf yn fodlon talu'n hael i chi am ei ryddhau a byddai'n brofiad gwych i Jac.'

'Wn i ddim am hynny, wir. Fe fyddai'n golled fawr i mi, a chawn i byth hwsmon arall fel Jac.'

'Efallai'n wir, ond meddyliwch am y peth a gadewch i mi wybod fory. Fe alwaf heibio Cae'r Melwr ar ôl cinio i weld sut y mae'r gwynt yn chwythu.'

Ar ei ffordd adref y noson honno, cafodd Gwilym syniad. Er nad oedd eisiau colli Jac, roedd y dieithryn wedi cynnig ateb i broblem carwriaeth Jac ac Elen. Gwyddai na fyddai Elen yn fodlon cefnu ar Jac tra'u bod yn byw o fewn lled dau gae i'w gilydd – ond beth ddigwyddai os codai Jac ei bac a mynd i Loegr bell?

Drannoeth, daeth y dieithryn i Gae'r Melwr ac roedd wrth ei fodd yn clywed fod Gwilym wedi cydsynio â'i gais. Mynnodd sgwrs â Jac a soniodd am ei stad enfawr ym mherfeddion Lloegr, am y cyfle a gynigiai i ŵr ifanc, dawnus fel ef ac am y cyflog mawr a dalai iddo – llawer mwy nag y gallai byth obeithio ei gael yn hwsmon yn Nyffryn Conwy. Yn rhyfedd iawn, cytunodd Jac ar unwaith y byddai'n gyfle gwerth chweil a gofynnodd i Gwilym pryd y gallai fynd.

Prin y gallai Gwilym gredu ei glustiau a phenderfynodd daro tra bo'r haearn yn boeth, rhag ofn i'r hwsmon ail-feddwl. O fewn deuddydd, roedd Jac yn ffarwelio â'i fam a'i fro – ac Elen hefyd, gobeithiai ei thad.

Yr un mor rhyfedd ag ymadawiad disymwth Jac oedd adwaith Elen i golli ei chariad. Os oedd ganddi hiraeth ar ei ôl, prin oedd yr arwyddion o hynny. Ni soniodd air amdano wrth ei rhieni ac ni holodd ddim ar ei fam am ei hynt na'i helynt. Deuai llythyrau rheolaidd gan Jac yntau i'w fam yn Nhyddyn y Coed. Disgrifiai ei waith ar y stad, y cyfoeth oedd i'w weld yn y plasty, y cnydau gwahanol a dyfid yno, ac ati. Gorffennai bob llythyr drwy yrru ei gyfarchion anwylaf at ei fam a pheri iddi ei gofio at ei ffrindiau i gyd. Ond byth Elen. Ni soniai byth air amdani, fwy na phetai erioed wedi ei chyfarfod.

Lawer gwaith yr edifarhaodd Gwilym Rhys am gytuno i ryddhau Jac wedi hynny.

'Wedi'r cwbl, Marged, mae Elen wedi anghofio

amdano fo'n llwyr, a hynny mewn dim amser, ac yn ôl ei fam, tydi yntau'n sôn yr un gair am Elen yn ei lythyrau.'

'Felly'r oeddwn i'n clywed, Gwilym. Mae chwith ar ei ôl, beth bynnag. Ddaw yr hwsmon newydd byth i esgidiau Jac. Ond dyna fo, eich penderfyniad chi oedd o, a dyna'i diwedd hi.'

Aeth blynyddoedd heibio ac anghofiodd llawer un am Jac.

Un diwrnod daeth ymwelydd pwysig yr olwg i Wydir. Nigel, mab Iarll Northampton oedd hwn ac unwaith yn rhagor gwahoddwyd pawb o bwys i ddawns yn y plasty gan gynnwys Gwilym, Marged ac Elen wrth gwrs. Ar ôl cyrraedd y plasty cawsant groeso mawr, yn enwedig Elen a oedd yn denu sylw'r dynion ifanc i gyd. Baglent ar draws ei gilydd i ofyn iddi ddawnsio a bu Nigel yn dawnsio llawer â hi. Roedd yn amlwg ei fod wedi gwirioni hefo Elen ac yn methu tynnu ei lygaid oddi arni.

Drannoeth gwnaeth Nigel esgus i fynd i Gae'r Melwr a chael croeso mawr gan Gwilym. Yn wir, aeth yno bob dydd, gan dreulio oriau yng nghwmni Elen a'i theulu. Erbyn diwedd yr wythnos dywedodd Nigel wrth Elen ei fod yn ei charu a gofynnodd iddi ei briodi. Wrth gwrs, roedd Gwilym uwchben ei ddigon, yn gweld Elen o'r diwedd yn cael gŵr gwirioneddol gyfoethog a chytunodd â'r cais. Dyweddïodd Elen a Nigel y diwrnod hwnnw.

Roedd Gwilym wedi cael modd i fyw ac wrthi fel lladd nadroedd yn trefnu'r briodas, oedd i'w chynnal yn yr hydref. Yn wir, roedd yn rhy brysur i sylwi ar Elen, ond nid felly Marged. Gellid disgwyl i ferch ifanc ar fin priodi fod yn hapus tu hwnt ond sylwodd ei mam mai'r gwrthwyneb oedd yn wir am Elen. Tueddai i aros yn y tŷ drwy'r amser hefyd.

Aeth yr wythnosau heibio fel y gwynt a dechreuodd y dail ar goed Dyffryn Conwy droi eu lliw – yn frown, melyn a choch cyfoethog yr hydref. Roedd yr un wyrth flynyddol yn digwydd yng Nglyn Dyfrdwy ond doedd y tri gŵr a farchogai ar hyd y ffordd drwy'r dyffryn hwnnw ddim yn sylwi arni. Nigel, mab Iarll Northampton, a dau o'i weision oedd y rhain ac roeddent ar frys i gyrraedd Llanrwst ar gyfer y briodas drannoeth. Ger Llangollen, gwelsant ddieithryn o'u blaen a chyn bo hir roeddent wedi dal i fyny ag ef. Roedd yn ŵr ifanc urddasol yr olwg a'i geffyl gwyn yn un porthiannus, er bod llwch dyn wedi teithio o bell ar ei ddillad.

'Prynhawn da.'

'Prynhawn da.'

'Rydych ar frys, gyfeillion,' meddai'r dieithryn barfog.

'Ydym wir, rydym eisiau cyrraedd Dyffryn Conwy cyn iddi nosi. Rydych chithau wedi cael taith bell heddiw hefyd?'

'Ydw, a dweud y gwir. Rydw i ar fy ffordd i Gapel Garmon.'

'Wel dyna beth ydi cyd-ddigwyddiad!' meddai Nigel. 'Rydym ninnau'n mynd drwy'r pentref hwnnw hefyd, wyddoch chi. Rydw i'n mynd i Wydir ac mi fyddaf yn priodi Elen, merch Cae'r Melwr fory ac yn dod â hi adref hefo ni i fod yn Iarlles Northampton. Ond, maddeuwch i mi ofyn, pam ydych chi'n mynd yno?'

'Ydych chi'n hoffi hela?'

'Ydw wrth gwrs, does dim ydw i'n hoffi'n well na hela llwynog – ond pam ydych chi'n gofyn?'

105

'Rydw innau hefyd yn hoffi hela. Saith mlynedd yn ôl gosodais rwyd yng nghyffiniau Llanrwst ac rydw i'n mynd yn ôl i'w chodi.'

'O ie . . . ? Wel, mae'n rhaid i ni frysio cyn iddi dywyllu. Da bo chi!'

Mewn gwirionedd, roedd Nigel yn amau'n gryf fod coll ar y dieithryn. Codi rhwyd ar ôl saith mlynedd wir! Rhaid bod y dyn yn wirion bost. Sbardunodd ei geffyl gan edrych ymlaen at y bwyd a'r croeso a gâi yng Nghastell Gwydir ac o fewn milltir neu ddwy roedd wedi anghofio am y dieithryn a'i eiriau rhyfedd.

Yng ngwyll y nos, cyrhaeddodd y dieithryn bentref bach Capel Garmon uwchben Llanrwst ac aeth yn syth i dafarn Pen Llan i chwilio am lety. Ar ôl sicrhau stafell iddo'i hun aeth i dŷ'r ficer, a churo'n drwm ar y drws. Agorwyd ef gan y forwyn.

'Fedra i'ch helpu chi?'

'Medrwch, gobeithio. Y Parch. Nathaniel Prydderch yw'r ficer yma o hyd?'

'Ie, wrth gwrs.'

'Ydi o gartref? Oes modd cael gair ag ef?'

'Oes. Pwy ddyweda i sy'n galw?'

'Dim ots am hynny rŵan. Mae'n bwysig fy mod yn cael siarad ag ef y munud yma. Wnewch chi alw arno fo os gwelwch yn dda?'

'Hanner munud . . . '

* * *

'Y . . . chi ydi'r gŵr ifanc sydd eisiau fy ngweld?' daeth llais main y ficer o gyfeiriad ei stydi. Roedd yr hen ficer yn enwog yn y cylch am ei hoffter o lyfrau a darllen —

ac am fod yn un tu hwnt o anghofus!

'Ie, Mr Prydderch. Oes modd i ni gael gair preifat?' meddai, gan edrych ar y forwyn fusneslyd a oedd yn glustiau i gyd.

'Dewch i'r stydi ŵr ifanc. Fe gawn ni siarad yno.'

Gofalodd y dieithryn gau'r drws cyn dechrau siarad.

'Dywedwch i mi Mr Prydderch, a oes modd i chi gynnal gwasanaeth priodas ben bore fory?'

'Wel, oes am a wn i, er fy mod yn rhyw feddwl y dylwn i fod yn rhywle arall hefyd . . . O ie wrth gwrs, rydw i'n gwasanaethu ym mhriodas Elen, merch Cae'r Melwr wyddoch chi. Mi fydd hi'n briodas fawr ac mae pob ficer yn y cylch yn gwneud ei ran.'

'O ie.'

'Ydych chi'n ei hadnabod hi, deudwch?'

'Ydw, rydw i'n meddwl . . . ond dim ots am hynny rŵan. Ylwch, mi ydw i eisiau priodi ben bore fory – cyn iddi wawrio mewn gwirionedd.'

'Cyn iddi wawrio . . . ond mae hynny'n erbyn y rheolau.'

Edrychodd y dieithryn o gwmpas y stafell.

'Mae gennych chi lawer o lyfrau yma Mr Prydderch.'

'O oes, ond fe hoffwn i brynu llawer mwy. Wrth gwrs, dydi hynny ddim yn bosib ar gyflog pitw ficer.'

'Rydw i'n siŵr y byddai deg sofren aur yn prynu llawer o lyfrau.'

'Gyfaill annwyl, mae hynny'n ffortiwn, ond pam ydych chi'n gofyn?'

'Dyna faint gewch chi gen i os gwnewch chi anwybyddu'r rheolau a chynnal fy ngwasanaeth priodas cyn i'r ceiliog ganu.'

'Deg sofren . . . deg sofren . . . Iawn gyfaill, ond

gofalwch fod yma erbyn chwech bore fory cyn i bobl y pentref ddeffro.'

'Diolch o galon i chi. Fe'ch gwelaf yn y bore.'

O dŷ'r ficer, cyfeiriodd y dieithryn ei geffyl i lawr yr allt o'r pentref a diflannu i dywyllwch dudew y wlad. Ymhen awr neu ddwy dychwelodd i'r dafarn a syllodd y cwsmeriaid mewn syndod wrth ei weld yn cerdded i mewn â merch ifanc urddasol mewn gwisg briodas wrth ei ochr.

Er ei bod yn oriau mân y bore bellach aeth y dieithryn allan eto, gan hysio ei geffyl i lawr yr allt i Gae'r Melwr. Cyrhaeddodd y tŷ, ac wrth gwrs roedd pobman fel y fagddu. Cysgai pawb a phopeth yn drwm.

Yn hollol hyderus, cerddodd at y drws a'i guro'n drwm. Dim smic. Drymiodd y drws eilwaith a'r tro hwn clywodd ffenest llofft yn rhygnu agor.

'Pwy . . . pwy felltith sydd yna'r adeg yma o'r nos?' Gwilym Rhys oedd yno, yn ei gap a'i grys nos ac yn hanner cysgu.

'Dydach chi ddim yn fy adnabod i giaffar?' meddai'r dieithryn.

Erbyn hyn roedd Gwilym yn dechrau deffro. 'Naci, erioed . . . Chdi sydd yna, Jac?'

'Wel ia siŵr, mistar. Jac sydd yma!' Jac oedd y dieithryn – ond beth ar wyneb y ddaear oedd o eisiau? Dyna'r cwestiwn oedd yn mynd drwy feddwl Gwilym - wrth iddo fustachu i agor y drws clöedig yng ngolau gwan cannwyll frwyn.

'Wel Jac bach, mae'n dda gen i dy weld di! Fuaswn i byth wedi dy adnabod di efo'r locsyn yna ond dydi dy lais di wedi newid dim. Ond beth wyt ti'n wneud yma'r adeg yma o'r nos?'

'Eich gwahodd i'm priodas. Rydw i'n priodi merch fy mistar ben bore ac rydw i am i chi ddod yno.'

'Wel, dyna i ti beth od, mae Elen yn priodi yn y bore hefyd . . .'

'Ydi hi wir? Peidiwch chi â phoeni am hynny, rydw i'n priodi am chwech ac fe fyddwch yn ôl mewn da bryd. Ddewch chi?'

'Wel wrth gwrs, fy ngwas annwyl i. Mi wyddost fod gen i feddwl mawr ohonot ti er pan oeddet ti'n ddim o beth. Pwy fuasai'n meddwl y buaset ti ac Elen yn priodi'r un diwrnod ynte?'

'Ia, 'te. Mewn gwirionedd, fedr tad fy nghariad ddim bod yn bresennol – ydych chi'n meddwl y medrwch chi ei chyflwyno hi i mi yn y seremoni?'

'Gwnaf siŵr iawn! Unrhyw beth i helpu.'

A hynny fu. Am chwech y bore casglodd criw bach ynghyd gerbron y ficer yn yr eglwys; Jac a'i gariad, Gwilym Rhys, a morwyn y dafarn a'r clochydd fel morwyn a gwas priodas. Roedd braidd yn dywyll yn yr eglwys a'r ferch yn gwisgo'r gorchudd gwyn traddodiadol dros ei hwyneb fel bod Gwilym yn methu cael golwg iawn arni. Ar ben hyn roedd ei hatebion hefyd braidd yn dawel ond pasiodd mai swildod oedd hynny ac mai Saesnes oedd hi, yn ymdrechu gyda gwasanaeth Cymraeg.

Ar derfyn y seremoni syml, rhuthrodd Gwilym am adref ond cyn mynd rhoddodd wahoddiad i Jac a'i wraig newydd i briodas Elen hithau ymhen rhai oriau.

'Gawn ni weld,' meddai Jac, 'fedrwn ni ddim addo.'

Rhoddodd winc anferth ar ei wraig newydd a oedd yn dal yn hynod o swil ac yn tueddu i aros yng nghysgodion yr eglwys.

Roedd Marged wedi codi erbyn i Gwilym gyrraedd yn ôl i Gae'r Melwr.

'Lle aflwydd wyt ti wedi bod Gwilym? Wyddost ti pa ddiwrnod ydi hi heddiw?'

'Gwn, wrth gwrs. Feddyli di byth lle'r ydw i wedi bod!'

'Lle felly?'

'Mewn priodas.'

'Beth? Yr adeg yma o'r dydd? Rwyt ti'n eu rhaffu nhw rŵan.'

'Ar fy ngwir. Priodas Jac y gwas gynt. Welais i ddim byd rhyfeddach erioed.' Ac aeth ymlaen i ddweud yr hanes.

'Jac wedi priodi – wel tawn i'n glem! A sut un ydi ei wraig o felly?' meddai Marged.

'Un reit ddel fuaswn i'n meddwl ond roedd hi'n drybeilig o anodd ei gweld hi'n iawn yn yr eglwys. Mi wyddost pa mor dywyll ydi hi ar y gorau, heb sôn am yr adeg yna o'r dydd. O leia mi fydd hi'n dipyn haws gweld Elen yn y munud.'

'Ia, a sôn am Elen, gwna siâp arni i folchi a siafio rŵan.

'Erbyn meddwl, lle mae hi?' meddai Gwilym. 'Roeddwn i'n disgwyl y byddai hi wedi codi erbyn hyn.'

'Go drapia hi unwaith – mae hi wedi cysgu'n hwyr heddiw o bob diwrnod. Mi yrra' i un o'r morwynion i fyny i'w deffro hi rŵan.'

Anfonwyd morwyn i'r llofft ac ymhen eiliadau clywyd hi'n rhuthro i lawr y grisiau, ei gwynt yn ei dwrn, yn gweiddi nad oedd Elen yn ei llofft. Yn wir, doedd dim golwg ohoni ar gyfyl y tŷ.

Dechreuodd Marged wylo'n dawel, gan feddwl tybed

beth allai fod wedi digwydd i Elen. Yna'n sydyn sylweddolodd Gwilym beth oedd wedi digwydd.

'Myn brain i! Mae Elen a Jac wedi'n twyllo ni yn y diwedd. Pan ddywedodd Jac mai merch y mistar oedd o'n briodi, amdana' i roedd o'n sôn! Rydw i wedi cyflwyno Elen i Jac heb sylweddoli pwy oedd hi! Aros di i mi gael gafael arnyn nhw!'

Diflannodd dagrau Marged ar unwaith a dechreuodd chwerthin wrth glywed ei gŵr yn bytheirio.

'Chwarae teg iddyn nhw Gwilym! Maen nhw'n ifanc ac yn caru ei gilydd. Mi ddywedaist dy hun fod Jac yn ŵr cefnog erbyn hyn ac roeddwn i'n hoff iawn ohono fo erioed. Chaiff Elen byth well gŵr. Bendith arnyn nhw ddyweda' i.'

Roedd Nigel yn gandryll pan glywodd fod y dieithryn a basiodd ger Llangollen wedi ei dwyllo – a'i fod wedi cael dalfa yn y rhwyd a osodwyd ganddo saith mlynedd

ynghynt! Aeth adref o Wydir ar ei hyll gan dyngu na ddeuai'n agos i Gymru byth eto.

Sylweddolodd Gwilym Rhys mor ffôl y bu yn ceisio cadw'r ddau gariad ar wahân a maddeuodd iddynt yn llwyr am wneud iddo edrych yn ffŵl. Anfonodd am y ddau i Gae'r Melwr a chawsant groeso mawr. Yn wir, Jac ac Elen ddaeth yn berchenogion y fferm ymhen amser a chaent lawer o hwyl yn adrodd hanes eu priodas ryfedd wrth eu plant.

Mae murddun Tyddyn y Coed i'w weld o hyd ac mae fferm Cae'r Melwr yn dal i fod gerllaw. Ceir un peth arall i'n hatgoffa am yr hanes hefyd: enw un cae ger y murddun yw Cae Elen ac yn ôl traddodiad, yno y byddai'r cariadon yn cyfarfod heb yn wybod i neb cyn i Jac fynd i Loegr.

DEWI SANT

Fe wyddoch i gyd mae'n siŵr beth yw sant, sef dyn da iawn, iawn. Ond beth am nawddsant? Beth ar wyneb y ddaear ydi hwnnw? Wel, sant sy'n gofalu am rywbeth neu rywle arbennig. Er enghraifft, y sant sy'n gofalu am deithwyr ydi Sant Christopher . . . a sant dillad *Marks and Spencers* ydi Sant Michael felly, meddech chithau! Na, dydi hynny ddim yn wir, chwaith.

Mae gan bob un o wledydd Prydain sant sy'n gofalu amdani – Andreas yn yr Alban, Siôr yn Lloegr, Padrig yn Iwerddon ac, wrth gwrs, Dewi Sant yma yng Nghymru. Fe all pobl dda ofnadwy fod yn greaduriaid digon diflas mewn gwirionedd – ond nid felly'r seintiau. Roedden nhw'n byw ar adeg cythryblus iawn ac fe gafodd pob un ohonyn nhw fywyd difyr tu hwnt. Yn enwedig Dewi Sant . . .

Fe wyddom lawer iawn am Dewi oherwydd i ddyn o'r enw Rhigyfarch, a oedd yn ŵr pwysig yn yr eglwys, sgrifennu ei hanes. Roedd hynny bum can mlynedd ar ôl i Dewi Sant farw ond roedd traddodiadau amdano'n dal yn fyw ar lafar. Casglodd Rhigyfarch y rheini a'u sgrifennu yn 'Buchedd Dewi', sef Hanes Bywyd Dewi.

Roedd Dewi'n perthyn i deulu pwysig iawn. Enw ei dad oedd Sandde ac roedd yn dywysog. Pan glywch chi beth oedd enw tad hwnnw, fe fyddwch yn gwybod tywysog pa ran o Gymru oedd o'n syth. Enw tad Sandde oedd Ceredig . . . ac ie, wrth gwrs, ef roddodd ei enw i Geredigion a dyna lle'r oedd Sandde yn byw.

Ar un adeg ar ôl i'r Rhufeiniaid adael roedd yn draed moch yma yng Nghymru. Doedd dim trefn o fath yn y byd a dechreuodd y Gwyddelod ddod drosodd a dwyn tiroedd y Cymry. Aeth pethau'n ddrwg iawn a bu'n rhaid i ŵr o'r enw Cunedda ddod i'n hachub, drwy wneud i'r Gwyddelod fynd o Gymru mor gyflym ag y medrai eu cychod crwyn eu cario. Ac os oeddent wedi colli'r cwch olaf, doedd gan lawer ohonynt ddim dewis ond dechrau nofio!

Ta waeth. Fe gafodd Sandde syrffed ar yr holl ymladd a phenderfynodd droi at fywyd syml a di-lol mynach. Erbyn hyn, rydan ni'n tueddu i feddwl am fynachod fel dynion yn byw mewn mannau anial ond yn amser Sandde, roedden nhw'n priodi a dyna'n union wnaeth o.

Un diwrnod, roedd wedi mynd i hela ac yn erlid carw ger afon Teifi. Daliodd ef a'i ladd ger Henllan. Yna sylwodd fod haid o wenyn mewn coeden gerllaw a llwyddodd i gael y diliau mêl o'u nyth. Roedd ar fin cychwyn yn ôl i'r fynachlog pan welodd eog braf yn yr afon. Taflodd ei rwyd a llwyddodd i'w ddal.

'Caf groeso mawr pan af yn ôl heno,' meddyliodd wrtho'i hun. 'Bydd hwn yn fwyd blasus dros ben.'

Yna sylwodd fod dyn dieithr yn dod tuag ato.

'Prynhawn da, Sandde.'

'Sut . . . ? Sut y gwyddoch chi beth yw fy enw?'

'Fe wn i lawer o bethau . . . llawer iawn, hefyd.'

'Pwy ydych chi felly?'

'Dim ots am hynny'n awr. Dywed i mi, beth wyt ti am ei wneud â'r cig, y mêl a'r pysgodyn?'

'Wel, mynd â nhw i'r fynachlog. Caf groeso mawr.'

'Caet, mae'n siŵr. Ond yn well byth, dos â nhw i eglwys y Tŷ Gwyn.'

'Ble mae fanno?'

'Ar lethrau Carn Llidi, uwchben Porth Mawr.'

'Ond pam ddyliwn i?'

'Dos â nhw yno ac fe delir i ti ar dy ganfed. Bydd mab a enir i ti yn etifeddu nodweddion y rhoddion – anwyldeb y carw, nerth y mêl a doethineb yr eog.'

Gwnaeth Sandde yr hyn a ofynnwyd iddo a rhoddodd y bwyd i ferch ifanc oedd yn astudio yn ysgol eglwys y Tŷ Gwyn. Ei henw oedd Non a syrthiodd y ddau mewn cariad yn y fan a'r lle. Ymhen amser priododd y ddau.

Aeth amser heibio a chanfu Non ei bod am gael plentyn bach. Un diwrnod roedd pregethwr a hanesydd enwog tu hwnt o'r enw Gildas i fod bregethu yn eglwys y Tŷ Gwyn. Roedd yr adeilad yn orlawn oherwydd gwyddai pawb amdano ac roeddent wrth eu bodd yn ei glywed yn dweud y drefn wrth y bobl ddrwg. Ac roedd digon o'r rheini'r adeg honno, credwch chi fi! Byddai Gildas yn mynd i hwyl ac yn sôn am y pethau ofnadwy fyddai'n digwydd i'r bobl ddrwg ac yn chwifio'i freichiau a cholbio'r pulpud. Deuai pobl o bell ac agos i'w weld a'i glywed ac felly'r oedd hi'r tro hwn. Roedd yr eglwys dan ei sang.

Ond eu siomi gafodd y gynulleidfa. Am ryw reswm ni fedrai Gildas – y dyn tân a brwmstan – ddweud yr un gair o'i ben! Roedd wedi ei daro'n fud. Gofynnwyd i'r bobl adael i weld a ddeuai ato'i hun. Pan wagiwyd yr eglwys, nid oedd ddim mymryn gwell. Yna sylwyd fod gwraig ifanc wedi aros ar ôl, sef Non. Pan aeth hi allan, medrodd Gildas siarad unwaith yn rhagor a galwyd y gynulleidfa i mewn – pawb ond Non. Pregeth fyr a thawel oedd honno.

'Frodyr a chwiorydd, methais siarad â chi gynnau gan fy mod wedi fy nharo'n fud. Fe wn pam bellach. Roedd gwraig ifanc, feichiog yn y gynulleidfa. Bydd y mab a gaiff hi yn ddyn da iawn. Bydd yn sant a bydd pawb yn y wlad yn ei barchu a'i ddilyn. Fedra' i ddim aros yma funud yn fwy. Rhaid i mi fynd er mwyn gwneud lle i un gwell.'

Ac felly y bu pethau.

Doedd geni Dewi ddim heb ei drafferthion chwaith. Clywsai'r tywysog lleol am bregeth Gildas ac roedd yn benderfynol o ddifa'r bachgen a gâi ei eni i fod yn arweinydd. Yn ffodus iawn, clywodd cyfeilles i Non am ei fwriad a rhybuddiodd hi.

'Mae'n rhaid i ti ffoi a chuddio ar unwaith,' meddai.

'Ond i ble'r af i Esyllt? Beth wnaf i?'

'Mae gen i syniad. Fe wn i am fwthyn bach mewn lle unig ar y creigiau y tu hwnt i Fryn y Gain. Mae ffynnon wrth ei ymyl lle cei di ddigon o ddŵr glan. Fe fyddi'n ddiogel yno.'

Ffodd Non i'r bwthyn diarffordd ac yno y ganed Dewi

Sant. Y noson y cafodd ei eni roedd yn storm arswydus gyda mellt yn tasgu i'r ddaear fel tafodau tân. Welwyd erioed y fath storm yn Nyfed a chrynai'r ddaear pan daranai. Eto'n rhyfedd iawn, yng nghanol y fath sŵn roedd yn dawel a llonydd ger bwthyn Non. Ni chlywid yr un smic yno.

Pan aned ei baban, gafaelodd Non mewn carreg fawr ac er nad oedd hi ddim cryfach na'r un wraig arall, suddodd ei bysedd iddi fel petai'n glai meddal. Roedd yn gorwedd ar garreg a holltodd honno'n ddwy hefyd. Lle glaniodd un o'r darnau codwyd eglwys fechan o'r enw Capel Non a'r darn carreg oedd yn dal yr allor. Mae gweddillion Capel Non yn dal i'w gweld, tua milltir a hanner o Dyddewi. Mae Ffynnon Non i'w gweld yno hefyd a phobl yn dal i ddod yno i gael gwellhad i glefydau llygaid.

Cafodd y baban ei fedyddio gan yr Esgob Aelfyw a oedd yn byw yn Solfach gan ddefnyddio dŵr o ffynnon ym Mhorth Clais. Yr enw a roddwyd arno oedd Dewi.

Pan oedd Dewi'n ddigon hen anfonwyd ef i'w ddysgu gan Peulin yn ysgol yr Henllwyn yn Nhŷ Gwyn. Yn union fel yr oedd y dieithryn wedi dweud wrth ei dad, tyfodd Dewi i fod yn fachgen annwyl fel y carw, cryf fel y mêl, a doeth fel yr eog. Roedd yn ddisgybl galluog iawn a dysgai'n gyflym. Hyd yn oed yr adeg honno, gwelwyd fod Dewi'n arbennig iawn a mwy nag unwaith gwelwyd colomen wen gyda phig aur yn hofran yn ei ymyl.

Gwelwyd pa mor arbennig oedd Dewi cyn iddo adael yr ysgol. Yn hollol annisgwyl a dirybudd, trawyd Peulin yn ddall. Meddyliai pawb y byd ohono ond fedrai neb wneud dim i'w wella, er ei fod mewn poen ofnadwy.

Galwodd Peulin ei ddisgyblion ynghyd.

'Fy nisgyblion annwyl, ofnaf fod fy niwedd ar ddod a gelwais chi ynghyd i ffarwelio â chi.'

'Ond Peulin,' meddai Teilo, cyfaill Dewi, 'dydyn ni heb orffen dysgu eto. Mae'n rhaid fod yna rywbeth y gallwn ni ei wneud i'ch gwella.'

'Yr unig beth y gallaf ei awgrymu yw eich bod yn cyffwrdd fy llygaid i weld a wnaiff gwyrth ddigwydd,' meddai'r hen athro.

A dyna'n union a wnaeth pawb. Daeth pob disgybl yn ei dro a chyffwrdd llygaid caeedig Peulin. Ond ddigwyddodd dim. Dewi oedd yr ieuengaf yn yr ysgol a'i dro ef oedd olaf. Erbyn hynny roedd pawb yn gwangalonni. Dim ond prin gyffwrdd llygaid ei athro wnaeth Dewi. Daeth gwên i wyneb Peulin ar unwaith.

'Diolch i ti, Dewi. Rydw i'n gallu gweld unwaith yn rhagor,' oedd y cyfan a ddywedodd. Roedd Dewi newydd gyflawni gwyrth – y gyntaf o lawer.

Bu Dewi yn ysgol Peulin am ddeng mlynedd. Erbyn hynny roedd pawb yn ei barchu'n fawr a phan ymddeolodd Peulin, dewiswyd Dewi i fod yn abad neu arweinydd yr eglwys yn ei le.

Bu yno am gyfnod cyn teimlo y dylai grwydro'r wlad yn sefydlu eglwysi. Gadawodd Gwestlan, ei ewythr, i ofalu am yr eglwys a'r ysgol yn y Tŷ Gwyn ac aeth yntau o gwmpas de Cymru, Cernyw, Llydaw a rhannau o Loegr yn pregethu ac yn adeiladu eglwysi bychain, syml.

Bu felly am rai blynyddoedd cyn dychwelyd i'r Tŷ Gwyn. Un noson cafodd sgwrs â Gwestlan.

'Mae'r fynachlog a'r ysgol yma yn y Tŷ Gwyn yn tyfu a llawer yn heidio yma. Mae hynny yn achos pleser i mi

– ond ar yr un pryd mae'n fy mhoeni hefyd.'

'Pam felly?' meddai Gwestlan.

'Rydan ni mewn lle amlwg iawn ar ochr Carn Llidi yn y fan yma – fel y gwyddon ni pan mae'n chwythu o'r môr. A dyna sy'n fy mhoeni. Gallai môr-ladron ein gweld, glanio'n ddistaw bach ym Mhorth Mawr a difa gwaith ein bywyd.'

'Beth wnawn ni felly, Dewi?'

'Rydw i wedi gweld lle cysgodol heb fod yn rhy bell i ffwrdd a fydd yn ddelfrydol i ni. Fe gawn gysgod rhag stormydd yno ac fe fyddwn allan o olwg môr-ladron.'

Y llecyn a ddewisodd Dewi oedd Glyn Rhosyn, dyffryn cul, cysgodol gydag afon Alun yn llifo trwyddo. Yn rhyfedd iawn roedd sant arall, a hwnnw'n nawddsant hefyd, wedi meddwl byw yn y lle rai blynyddoedd cyn hyn. Padrig oedd hwnnw ond clywodd lais yn dweud nad y fan honno oedd y lle iddo ef. Dywedwyd wrtho am fynd i eistedd ar ben Carn Llidi ac o'r fan honno y gwelai lle'r oedd i fynd. Os ewch chi i Eisteddfa Badrig ar ben y Garn ar noson braf, fe welwch fynyddoedd Iwerddon ar y gorwel. Ac wrth gwrs, i'r fan honno yr aeth Padrig.

Aeth Dewi a'i ddilynwyr ffyddlon Gwestlan, Aidan, Teilo, Ismael a llawer un arall i Lyn Rhosyn a chodi cysgod syml iddynt eu hunain gyda brigau coed nes y caent amser i godi adeilad parhaol. Cynheuwyd tân hefyd i'w cadw'n gynnes.

Gwelwyd mwg y tân gan ŵr peryglus iawn. Boia oedd ei enw. Gwyddel paganaidd oedd o. Dyn tew, hyll na faliai ddim am ladd unrhyw un a'i gwrthwynebai. Roedd y cenau drwg yma'n byw ar Glegyr Boia ac yn hawlio'r holl dir a welai islaw, gan gynnwys Glyn

Rhosyn.

'Pwy sy'n y Glyn?' gofynnodd yn flin wrth ei wraig, Satrapa, a oedd cynddrwg os nad gwaeth nag ef.

'Sut wn i? Bydd yn rhaid i ti fynd i lawr yno i weld. Ond fe wn i un peth – dydyn nhw ddim i fod yno.'

'Fe af i lawr yno'n awr a dangos iddyn nhw pwy ydi'r mistar tir yn y fan yma, o gwnaf!' meddai Boia, a gwên sbeitlyd ar ei wyneb. Gwyddai Satrapa petai'n cael hanner cyfle y deuai'n ei ôl â gwaed pwy bynnag oedd yn y Glyn ar ei gleddyf ar ôl ei drywanu yn ei berfedd.

Ymhen awr, dychwelodd Boia. Nid oedd yn bytheirio fel y gwnâi ar ôl lladd ac roedd ei gleddyf yn lân.

'Wel?'

'Wel beth?' meddai Boia.

'Wel beth ddigwyddodd, wrth gwrs.'

'Mynachod sydd yna hefo rhyw ddyn o'r enw Dewi. Maen nhw'n ymddangos yn ddigon diniwed ond rydw i wedi rhoi wythnos iddyn nhw godi eu pac a mynd.'

'Wythnos! Beth sydd ar dy ben di, dywed? Os byddan nhw yno am gymaint â hynny, yno y byddan nhw, yn union o'n blaenau NI yn y fan yma.'

Ac roedd Satrapa'n iawn. Yn ystod y dyddiau nesaf dechreuodd Dewi a'i ddilynwyr godi mynachlog yn y Glyn. Doedd geiniau Bora ddim wedi eu dychryn o gwbl.

'Y ffŵl!' meddai Satrapa. 'Rhaid bod yn fwy cyfrwys efo'r rhain. Gwna dy hun yn ddefnyddiol. Dos i nôl fy morynion y munud yma.'

'Beth wyt ti'n fwriadu'i wneud?'

'Fe gei di weld. Does gen i ddim amser i geisio esbonio i rywun mor ddiddeall â chdi rŵan.'

Syniad Satrapa oedd tynnu sylw dilynwyr Dewi oddi

wrth eu gwaith drwy anfon ei morynion i gael bàth yn afon Alun. Ac roedd y cynllun mewn perygl o lwyddo!

'Dewi,' meddai Teilo, 'rydw i'n gwybod ein bod ni'n fynaich – ond mae'n andros o anodd dal ati i godi waliau pan mae'r rheina'n 'molchi ychydig lathenni i ffwrdd. Roeddwn i'n edrych ar Ismael gynneu: mae ei lygaid bron yn groes erbyn hyn!'

'Paid â phoeni dim,' meddai Dewi. 'Pa adeg o'r flwyddyn ydi hi?'

'Medi.'

'Yn union. Ha' Bach Mihangel ydi hwn. Aros di i'r tywydd dorri. Fydd morynion Satrapa ddim mor fachog i ymolchi wedyn!'

Ac roedd yn iawn, wrth gwrs.

Roedd Satrapa'n gandryll fod ei chynllun wedi methu a phenderfynodd gael cymorth ei duwiau paganaidd i drechu Dewi. Aeth â Dunawd ei llysferch i goedwig fechan ger Glyn Alun gan esgus mynd yno i hel cnau. Yno lladdodd hi drwy dorri ei phen i ffwrdd â chyllell finiog nes bod y lle'n waed diferol. Lle syrthiodd gwaed Dunawd ymddangosodd ffynnon a gwyddai Satrapa nad oedd gobaith iddi bellach. Codai ffynnon fel hyn lle lleddid sant neu santes a dyna oedd Dunawd. Ffodd Satrapa am ei bywyd.

Y noson honno glaniodd môr-leidr o'r enw Licsi ym Mhorth Mawr a sleifiodd i fyny Clegyr Boia. Lladdodd Boia a dwyn ei arian i gyd. Wrth iddo fynd yn ôl am ei long gwelodd olygfa ryfeddol. Goleuwyd yr awyr gan fellt, er na chlywodd yr un daran. Yn rhyfeddach fyth trawodd pob un Glegyr Boia ac o fewn eiliadau roedd yr holl adeiladau'n ddim ond llwch.

O'r diwedd llwyddodd Dewi i godi ei fynachlog a

daeth mwy a mwy ato i Lyn Rhosyn er bod bywyd yno'n galed ofnadwy. Yr unig fwyd a gaent oedd dŵr, llysiau a bara. Roedd Dewi ei hun yn byw ar fara a dŵr ac am hynny gelwid ef yn Dewi Ddyfrwr. Roeddent yn dlawd ofnadwy, gan roi eu holl eiddo i bobl eraill. Ar ben hyn, roeddent yn gorfod gweithio'n galed tu hwnt. Fel mynaich eraill, roeddent yn trin y tir ond doedd ganddynt yr un ych i aredig. Yn lle hynny, tynnent yr aradr eu hunain a doedd neb a weithiai'n galetach na Dewi ei hun. Gwnaethant lawer o waith da yn gwella'r dall, y methedig a'r afiach.

Deuai disgyblion o bell ac agos i'r fynachlog ac un ohonynt oedd Gwyddel o'r enw Domnoc. Gofalu am yr ardd a'r cychod gwenyn oedd ei waith ef.

Ymhen amser, penderfynodd fynd yn ôl i Iwerddon ond pan oedd y llong ar fin hwylio daeth haid o wenyn a glanio arni. Hwy oedd y gwenyn cyntaf yn Iwerddon.

Cofiwch chi, doedd rheolau caeth Dewi ddim at ddant pawb. Un tro penderfynodd tri o'i weision ei ladd drwy roi gwenwyn yn ei fara. Roedd Yscolan, un o'r mynaich wedi eu hamau fodd bynnag.

'Fe af i â'r bara at Dewi heno,' meddai wrth un o'r tri, sef y cogydd. Edrychodd y tri'n amheus ar ei gilydd gan wybod nad oedd gobaith i'w cynllwyn weithio bellach.

'Dewi, mae'r bara wedi ei wenwyno,' meddai Yscolan wrtho.

'Felly'n wir,' meddai yntau gan ei dorri'n dri. Taflodd Yscolan ddau o'r tameidiau i ffwrdd ar unwaith ond fe'u cipiwyd gan gi a chigfran. Syrthiodd y ddau anifail yn farw ar unwaith ar ôl eu bwyta. Arswydodd pawb wrth weld Dewi'n bendithio'r tamaid oedd ar ôl ac yna'i fwyta. Wrth gwrs, ni chafodd unrhyw effaith arno ond

anfonwyd y tri gwas bradwrus o'r fynachlog.

Bywyd tawel i weddïo a gwneud daioni oedd nod Dewi ond sylweddolai pawb ei fawredd ac roeddent yn awyddus iddo fod yn arweinydd arnynt. Un tro, galwodd Dyfrig bob un o arweinwyr yr eglwys i senedd arbennig a elwir Senedd Brefi. Daeth miloedd yno – cymaint â dwy fil ar hugain yn ôl rhai. Faint bynnag oedd yno, dim ots pwy a geisiai siarad, doedd neb yn eu clywed a doedd dim trefn o fath yn y byd yno.

Penderfynwyd anfon am Dewi a chytunodd i fynd yno, oherwydd roedd yn gyfarfod pwysig i sefydlu rheolau ar gyfer yr eglwys. Ar y ffordd yno, atgyfododd fab gwraig weddw ond o'r diwedd cyrhaeddodd y dyrfa anferth. Taenodd hances ar lawr ac ar unwaith cododd bryn o dan ei draed fel y gallai pawb ei weld a'i glywed yn eglur. Glaniodd colomen ar ei ysgwydd. Tra siaradai â hwy, pwysai ar garreg ac y mae Ffon Ddewi fel y gelwir hi yno o hyd.

Yn ddiweddarach codwyd eglwys yn Llanddewibrefi fel y galwyd y lle wedi hynny. Roedd yn waith caled iawn a dau ych yn cael eu defnyddio i lusgo cerrig adeiladu i fyny bryn creigiog. Oherwydd yr ymdrech, syrthiodd un ych yn farw ac roedd y llall mor drist nes rhoi naw bref anferth a holltodd y bryn yn ôl yr hen rigwm:

Llanddewi y Brefi braith
Lle brefodd yr ych naw gwaith,
Nes hollti Craig y Foelallt.

Yn y diwedd, ar ôl oes hir a gwaith caled gwyddai Dewi ei fod am farw, ond doedd o ddim yn drist.

Galwodd ei ddilynwyr ynghyd i eglwys y fynachlog a phregethodd am y tro olaf:

'Fy mrodyr a chwiorydd annwyl. Peidiwch â bod yn drist. Byddwch yn llawen a chadwch eich ffydd a'ch cred. Gwnewch y pethau bychain a welsoch ac a glywsoch gennyf i.'

Rai dyddiau'n ddiweddarach, ar Fawrth y cyntaf bu Dewi Sant farw ac fe'i claddwyd yn Nhyddewi. Dyna pam mai'r dydd hwnnw yw Dydd Gŵyl Dewi wrth gwrs.

Dros y blynyddoedd bu llawer o bererinion yn mynd i Dyddewi i weld y fynachlog a sefydlodd Dewi yng Nglyn Rhosyn. Yn raddol, tyfodd i fod yr eglwys gadeiriol hardd a welwn yno heddiw. Mae'n werth mynd yno o hyd i weld y lleoedd lle bu Dewi'n troedio a gellir hyd yn oed gweld y gist fechan lle cedwir esgyrn y sant yn yr eglwys.

Dewiswyd Dewi yn nawddsant Cymru am ddau reswm. Sefydlodd fwy o eglwysi na'r un sant arall ond yn bwysicach na dim, dysgodd i'r Cymry mai drwy ddal i wneud y pethau bach, syml yr arhoswn ni'n Gymry ac y bydd plant y dyfodol yn deall iaith Dewi Sant.

BREUDDWYD MACSEN

Fyddwch chi'n breuddwydio weithiau? Mae'n siŵr eich bod chi ond ychydig o freuddwydion fyddwn ni'n eu cofio. Ambell dro fe fyddwn ni'n cael breuddwyd gas a'r enw ar honno yw hunllef . . . hen wrach hyll yn rhedeg ar eich ôl efallai . . . dyn cas gyda ffon fawr . . . neu syrthio drwy dwll – a deffro'n sydyn cyn taro'r llawr, diolch byth!

Ambell waith fe ddaw breuddwyd yn wir, yn rhyfedd iawn ac mae pawb yn gwybod am un stori o'r fath, sef hanes Joseff yn esbonio breuddwydion Pharo yn y Beibl.

Mae gennym ninnau yma yng Nghymru stori am freuddwyd yn dod yn wir, ac un werth chweil ydi hi hefyd . . .

* * *

Roedd Macsen Wledig yn ymherodr Rhufain ac yn ôl ei bobl, ef oedd yr ymherodr gorau a fu arnynt erioed. Roedd yn deg ac yn ddoeth, ac o ganlyniad meddyliai ei bobl y byd ohono.

Un diwrnod penderfynodd Macsen fynd i hela – roedd yn hoff iawn o wneud hynny, ac roedd digon o anifeiliaid i'w hela bryd hynny: ceirw, moch gwyllt, bleiddiaid ac ati. Gydag ef roedd tri deg dau o frenhinoedd oherwydd roedd am iddynt gael gweld cystal hwyl oedd i'w gael yn Rhufain.

Enw'r afon sy'n llifo drwy Rufain yw afon Tiber a phenderfynodd Macsen yr aent i hela ar hyd dyffryn yr afon. Cododd pawb cyn cŵn Caer a gwisgo dillad hela pwrpasol. Wrth gwrs, Macsen wisgai'r dillad crandiaf am ei fod yn ymherodr ac roedd yn bwysig i bawb a'i gwelai ddeall hynny.

Cychwynnodd y criw ben bore fel hyn oherwydd gall fod yn berwedig o boeth yn yr Eidal yn yr haf. Ac felly'n union yr oedd hi'r diwrnod hwn. Erbyn hanner dydd, roedd pawb wedi blino a phob gwddf yn sych grimp. Yn wir, roedd llawer o'r brenhinoedd wedi ymlâdd yn llwyr ac yn difaru eu henaid eu bod wedi cychwyn.

'Mae'r haul ar ei anterth, gyfeillion, ac felly fe arhoswn am ychydig orffwys a thamaid o ginio,' meddai Macsen.

'Diolch i'r drefn am hynny,' meddai un brenin wrth un arall. 'Rydw i wedi blino'n lân a'r gwres yma'n fy lladd i.'

'A finnau hefyd, ond does wiw i mi ddweud gair wrth Macsen.'

Yn ddistaw bach, rhyngoch chi a mi, roedd Macsen wedi blino hefyd ac yn falch iawn o gael gorffwys am ychydig. Roedd yn drybeilig o boeth ac aeth i gysgodi o dan dariannau a roddwyd i bwyso ar waywffyn. Penderfynodd orwedd ar darian aur ac oherwydd ei flinder a'r gwres roedd Macsen yn cysgu'n drwm mewn dim amser.

Dechreuodd Macsen freuddwydio a gwelai ei hun yn mynd ar daith bell. Roedd yn cychwyn o ddyffryn afon Tiber gan ddilyn yr afon i'w tharddiad. Gwelai fynyddoedd ysgithrog o'i flaen, ac eira ar eu copaon a'u cribau main. Cerddodd ymlaen i ganol y mynyddoedd a gwelodd fynydd uchaf y byd. Roedd yr eira arno mor wyn a disglair nes prin y medrai edrych arno heb gael ei ddallu. Ymddangosai mor uchel nes cyrraedd i'r entrychion.

Aeth yr ymherodr ymlaen dros y mynydd a gwelai ei hun yn teithio drwy'r gwledydd harddaf a welsai erioed. Roeddent yn wyrdd a gwastad, yn hollol wahanol i'r mynyddoedd llwm yr oedd newydd eu croesi. Dilynodd afonydd mawr llydan drwy'r gwledydd gan anelu am y môr oherwydd fe welodd hwnnw o ben y mynydd uchaf.

O'r diwedd cyrhaeddodd geg afon yn llifo i'r môr a dyma'r aber mwyaf a welodd neb erioed. Wrth geg yr afon roedd dinas fawr gyda chastell enfawr o'i mewn. Roedd y castell yn un hynod oherwydd roedd ganddo dyrau uchel, amryliw yn cyrraedd yn uchel i'r awyr.

Yn aber yr afon, roedd fflyd o longau ac roedd hynny'n destun rhyfeddod i Macsen oherwydd hon oedd y llynges fwyaf a welodd neb erioed. Cerddodd at y llongau a gwelodd un oedd yn llawer mwy a harddach na'r lleill. Ni welodd neb o'r blaen y fath long. Yn hytrach na choed, defnyddiwyd planciau aur ac arian i'w llunio. I groesi ar fwrdd y llong, roedd pont o asgwrn morfil wedi ei gerfio'n hardd a chroesodd yr ymherodr drosti a mynd ar y bwrdd.

Codwyd hwyl ar y llong a hwyliodd allan o'r aber i gyfeiriad y môr agored. Hwyliodd ymlaen yn ysgafn, er ei maint, gan brancio drwy'r mân donnau fel ebol blwydd. Yna, ar y gorwel gwelodd Macsen dir yn dod i'r golwg a chyn hir cyrhaeddodd y llong ynys fawr. Roedd yn ynys hardd iawn, yr harddaf yn y byd yn nhyb yr ymherodr.

Yn ei freuddwyd, gwelai Macsen ei hun yn croesi'r ynys o un ochr i'r llall. Ar ochr bellaf yr ynys roedd tir mynyddig tu hwnt, gyda chymoedd dyfnion a chreigiau serth. Ni welodd erioed o'r blaen dir mor uchel, garw a chaled. Gyferbyn â'r ucheldir hwn gwelai gulfor ac ynys arall, lai. Rhyngddynt roedd tir hyfryd tu hwnt. Roedd popeth yno – traethau melyn a thir gwastad, ffrwythlon, mynyddoedd uchel a choedwigoedd trwchus. O'r mynydd-dir, gwelai afon yn llifo i'r môr a dilynodd hi drwy'r tir hyfryd islaw.

Cyrhaeddodd geg yr afon ac yno gwelodd gaer fawr, harddach na'r un arall yn y byd. Gan fod drws mawr y gaer ar agor aeth drwyddo a gweld neuadd o'i flaen. Roedd ganddo neuadd hardd yn ei lys yn Rhufain ond doedd hi'n ddim o'i chymharu â hon, oherwydd roedd y to yn aur pur! Codwyd y neuadd â cherrig gwerthfawr ac roedd y rheini'n fflachio'n ddisglair yn yr haul. Aur oedd y drysau hefyd. Yn wir, roedd aur i'w weld ym mhobman. Cadeiriau aur oedd yno a byrddau arian.

Yn eistedd wrth un o'r byrddau, roedd dan ddyn ifanc hardd gyda gwallt melyngoch yn chwarae gwyddbwyll. Gwnaed y bwrdd gwyddbwyll o arian a'r darnau arno o

aur pur. Gwisgai'r ddau ddillad sidan, drud oedd yn ddu fel y frân. Ar eu pennau roedd coron aur wedi ei haddurno â gemau gwerthfawr. Er ei fod yn ymherodr, nid oedd gan Macsen hyd yn oed goron o'r fath. Am draed y ddau roedd esgidiau o ledr meddal fel maneg ac roedd byclau aur hyd yn oed ar y rhain.

Roedd colofnau uchel yn cynnal to aur y neuadd ac wrth droed un ohonynt, gwelai Macsen ddyn mewn oed a'i wallt wedi britho. Eisteddai ar orsedd ifori gyda dau gerflun eryr aur arni. Roedd golwg urddasol a phwysig arno. Gwisgai fodrwyau aur am ei fysedd, cadwyn aur am ei wddf a choron aur am ei ben. O'i flaen roedd darnau a bwrdd gwyddbwyll aur. Yn ei law roedd ffon aur drwchus ac roedd wrthi'n brysur yn ei llifio a'i cherfio'n ddarnau gwyddbwyll.

Yna sylwodd Macsen ar ryfeddod mwyaf yr holl daith. Roedd merch ifanc, hardd yn eistedd wrth ymyl yr hen ŵr ar orsedd aur. Roedd mor dlws nes y byddai'n haws edrych ar yr haul nag arni hi. Curai ei galon yn wyllt ar ôl y gip gyntaf ar y ferch oherwydd nid oedd yr un eneth arall yn y byd i'w chymharu â hi o ran tlysni. Edrychodd arni eto a sylwi ei bod hithau hefyd yn gwisgo dillad mor urddasol a'r lleill. Roedd ei gwisg sidan, laes mor wyn â phlu'r alarch ac ar ei phen gwisgai hithau goron aur a gemau drosti. Am ei chanol roedd gwregys o aur pur.

Pan welodd y ferch Macsen, cododd ar ei thraed a chofleidiodd yntau hi. Eisteddodd y ddau ar yr orsedd ac roedd ar fin ei chusanu . . . pan ddeffrowyd Macsen!

Roedd y cŵn a'r ceffylau'n aflonydd yn y gwres ac un ohonynt wedi taro'n erbyn tarian gan wneud i honno ddisgyn a deffro Macsen.

Pan ddeffrodd Macsen roedd mewn cariad dros ei ben a'i glustiau â'r ferch a welsai yn y freuddwyd.

'Fe gysgoch chi'n drwm eich mawrhydi,' meddai Amlyn ei was.

'Do,' oedd y cyfan ddywedodd yr ymherodr.

'Dewch i gael cinio, syr, er mwyn i chi gael parhau â'r helfa.'

'Na, dydw i ddim eisiau bwyd.'

'Ond, syr . . . '

'Dydw i ddim eisiau bwyd – na hela chwaith, petai hi'n mynd i hynny.'

'Ydych chi'n wael, syr? Y gwres efallai?'

'Na, rydw i'n iawn. Tyrd â'm ceffyl yma ar unwaith.'

A charlamodd Macsen yn ôl tua Rhufain gyda gweddill yr helwyr yn ei ddilyn orau fedrent.

Bu felly am wythnos gron gyfan, gan anwybyddu'r brenhinoedd oedd yn aros yn ei lys. Ni fedrai feddwl am neb na dim ond y ferch yn y freuddwyd. Nid oedd yn bwyta. Ni wnâi ddim ond cysgu, yn y gobaith o fedru gweld y ferch unwaith eto. Roedd yn drist iawn oherwydd bod y freuddwyd yn un mor fyw, ac ni fedrai beidio â chredu bod y ferch yn byw yn rhywle hefyd, ond na wyddai ymhle.

Ar ôl wythnos, daeth Amlyn y gwas at Macsen.

'Eich mawrhydi, rwyf i a phawb arall yn poeni amdanoch. Ydych chi'n wael?'

'Na.'

'Ond beth sy'n bod? Rydych wedi newid yn llwyr ac nid ydych yn cymryd unrhyw sylw o faterion yr ymerodraeth.'

'Mae hynny'n wir . . . Amlyn, galw holl wŷr doeth Rhufain ataf. Mae gennyf rywbeth pwysig iawn i'w ddweud wrthynt.'

Gwnaed hynny ar unwaith a siaradodd Macsen â hwy.

'Chi yw dynion doethaf fy ymerodraeth ac rwyf wedi eich galw yma i gael eich cyngor a'ch cymorth. Wythos yn ôl, cefais freuddwyd ac ynddi gwelais ferch. Hi yw'r ferch dlysaf yn y byd i gyd ac ni allaf fod yn hapus nes cyfarfod â hi. Beth allaf ei wneud?'

Bu'r dynion doeth yn trafod am beth amser ac yna daethant yn ôl at yr ymherodr.

'Eich mawrhydi,' meddai llefarydd ar eu rhan, 'dyma ein cyngor i chi. Anfonwch ddynion i chwilio pob modfedd o'r ymherodraeth am dair blynedd i geisio cael hyd i'r ferch. Gan na fyddwch yn gwybod pryd y ceir hyd iddi, ein cyngor ni yw i chi fwyta a byw mewn gobaith.'

'Dyna gyngor doeth, ac fe'i derbyniaf,' meddai Macsen.

Galwyd holl ddynion Rhufain ynghyd ac adroddodd hanes ei freuddwyd wrthynt.

'Ni fydd hon yn dasg hawdd o bell ffordd, ond i'r sawl gaiff hyd i ferch fy mreuddwyd, caiff lond cist o ddarnau aur.'

Dechreuodd y dyrfa sibrwd yn gynhyrfus ac ymhen dim amser roedd llu o ddynion yn paratoi i adael Rhufain, gan anelu i gyfeiriad y pedwar gwynt, pob un yn breuddwydio am yr aur ac yn benderfynol o ddarganfod merch breuddwyd yr ymherodr.

Er ei fod wedi caniátau tair blynedd i'r ymchwil, roedd Macsen ar bigau'r drain a'r tymhorau, rhywsut, yn araf iawn eu cerddediad. Gadawodd y chwilotwyr ddiwedd yr haf ac erbyn i'r tywydd crasboeth ddychwelyd yr haf canlynol, gwelid dynion siomedig yn dychwelyd i Rufain. Erbyn i flodau'r haf wywo a'r dail ar y coed droi eu lliw, roedd pob un yn ôl yn Rhufain. A'r un stori oedd gan bob un: nid oedd golwg o ferch breuddwyd yr ymherodr.

Roedd Macsen â'i ben yn ei blu ac roedd pawb yn poeni amdano. Un o'i gynghorwyr doethaf oedd brenin y sipsiwn a daeth ato i siarad.

'Fe wn eich bod yn siomedig iawn, eich mawrhydi. Ond peidiwch â phoeni gormod – wedi'r cwbl mae dwy flynedd ar ôl o hyd.'

'Mae hynny'n wir. Chafwyd dim o werth yn hawdd. Ond beth wnaf i nesaf? Maent wedi chwilio pobman â chrib mân.'

'Tybed? Adroddwch yr hanes wrthyf eto. Hela yn Nyffryn Tiber yr oeddech chi, ynte? I ba gyfeiriad – y gorllewin neu'r dwyrain? Beth am yrru criw bach ar hyd yr union daith a welsoch chi yn y freuddwyd?'

Roedd yn awgrym call iawn a galwodd Macsen ei weision ffyddlonaf ato. Yn digwydd bod, roedd tri ar ddeg ohonynt ac yn eu plith roedd Amlyn. Dywedodd wrthynt beth oedd awgrym y gŵr doeth a chytunodd y cwbl i fynd ar y daith. Roedd yn loes iddynt weld eu meistr mor drist, yn enwedig Amlyn, oherwydd ei fod mor garedig a chwrtais wrtho. Ofnai y byddai Macsen farw o dorcalon os na lwyddent.

Dilynodd y criw yr afon i'w tharddiad a gwelsant y mynydd uchel a welodd Macsen yn ei freuddwyd. Llwyddwyd i'w groesi a'r ochr bellaf iddo gwelsant y tiroedd gwastad, hardd a'r afonydd yn llifo tua'r môr.

'Rydym ar y trywydd iawn,' meddai Amlyn. 'Dacw'r tir a welodd Macsen.'

Dilynwyd yr afonydd tua'r môr nes cyrraedd aber yr afon fwyaf a gweld y ddinas a'r castell gyda'r tyrau amryliw. Gwelsant hefyd y llynges anferth a'r llong oedd yn fwy na'r lleill.

'Dacw'r llong a welodd yr ymherodr yn ei freuddwyd,' meddai Amlyn.

Aethant ar fwrdd y llong, hwylio drosodd i Ynys Prydain a chroesi'r ynys nes cyrraedd Eryri.

'Dyma'r tir uchel, creigiog a welodd Macsen,' meddai Amlyn.

O'r ucheldir, gwelent Ynys Môn ac afon Menai a thir gwastad Arfon rhyngddynt a hi.

'Dyma'r union olygfa a welodd yr ymherodr yn ei gwsg,' meddai Amlyn.

Gwelsant afon Seiont yn llifo i'r môr ac wrth yr aber roedd caer fawr, a'r drws yn agored. Aethant drwyddo a gweld y neuadd.

'Dyma'r neuadd a welodd Macsen!' meddai Amlyn yn llawn cynnwrf.

Yn y neuadd, gwelsant y ddau ddyn ifanc yn chwarae gwyddbwyll a'r hen ŵr yn cerfio darnau gwyddbwyll. Ond yn bwysicach na dim, gwelsant y ferch dlysaf yn y byd yn eistedd ar orsedd aur. Gwyddent fod y chwilio mawr drosodd a phenliniodd y tri ar ddeg o'i blaen.

'Ymerodres Rhufain,' meddai Amlyn, 'buom yn chwilio'n hir amdanoch.'

'Beth yw ystyr peth fel hyn?' meddai'r ferch. 'Mae golwg dynion bonheddig a chall arnoch chi, ond rydych chi'n siarad yn wirion iawn ac yn fy ngwatwar.'

'Nid ydym yn eich gwatwar, arglwyddes,' meddai Amlyn. 'Mae Macsen, ymherodr Rhufain fawr, sef ein meistr ni, wedi eich gweld mewn breuddwyd ac wedi syrthio mewn cariad â chi. Beth hoffech chi ei wneud – dod yn ôl gyda ni i'ch gwneud yn ymerodres neu gael Macsen i ddod yma a'ch priodi?'

'Foneddigion,' meddai hithau, 'mae eich stori mor rhyfedd fel na wn i beth i'w feddwl yn iawn. Ond os yw'r ymherodr yn fy ngharu fel y dywedwch chi, fe gaiff ddod yma i'm priodi.'

Roedd y gweision uwchben eu digon, yn enwedig Amlyn. Gallai ddychmygu'r olwg a fyddai ar wyneb Macsen pan ddywedai wrtho i'w taith fod yn llwyddiannus! Â chalonnau ysgafn felly, cychwynnodd y tri ar ddeg ar y daith hir yn ôl i Rufain. Teithiodd y criw ddydd a nos ac fel y blinai eu ceffylau, prynent rai newydd. Tasgai gwreichion o bedolau eu ceffylau wrth iddynt garlamu i mewn i Rufain a rhuthro'n fwg ac yn dân i lys yr ymherodr gyda'r newyddion da. Er ei bod yn oriau mân y bore, mynnwyd deffro Macsen.

'Eich mawrhydi,' meddai Amlyn, 'cawsom hyd i'r ferch yn eich breuddwyd!'

'O'r diwedd! Dyma'r newyddion gorau a gefais erioed! Sut alla' i ddiolch i chi gyfeillion . . . ? Fe wn i, fe gewch lond cist o aur bob un. Beth ydi hynny o'i gymharu â'r hapusrwydd a ddaethoch chi i mi? Ond ble mae fy nghariad? Sut gaf i hyd iddi hi?'

'Fe wnawn eich arwain ati dros dir a môr, eich mawrhydi.'

Cyn iddi wawrio hyd yn oed, roedd Macsen wedi cychwyn ar y daith, a'i weision ffyddlon yn ei dywys. Aeth y daith yn gyflym a rhyfeddodd yr ymherodr weld y golygfeydd a welsai yn ei freuddwyd - copaon eiraog yr Alpau a thiroedd ffrwythlon Ffrainc. Cyn hir, roeddent yn Ynys Prydain a Macsen wedi trechu'r brenin Beli a'i feibion. Aeth yn ei flaen fel y gwynt am fynyddoedd Eryri. Wrth ddynesu at ddiwedd y daith, teimlai Macsen nad oedd munud i'w sbario. Pan welodd Gaer Aber Seiont yn Arfon – Caernarfon bellach – sbardunodd ei geffyl a charlamu'n wyllt tua'r dref.

Aeth yn syth i'r neuadd a gwelodd y ddau ddyn ifanc yn chwarae gwyddbwyll, sef Cynan a Gadeon, meibion Eudaf, sef yr hen ŵr a welai yn cerfio'r darnau gwyddbwyll. Wrth ei ochr o'r diwedd, gwelai'r ferch a welodd yn ei freuddwyd – y ferch dlysaf yn y byd.

Aeth pawb yn ddistaw wrth i Macsen gamu ymlaen at y ferch, sef Elen, merch Eudaf.

'Ymerodres Rhufain,' meddai. 'gwelais di mewn breuddwyd a syrthiais mewn cariad â thi. Deuthum yma i ofyn i ti fy mhriodi. Wnei di hynny?'

'Gwnaf, wrth gwrs,' meddai Elen. 'Dyma ddiwrnod hapusaf fy mywyd.' Y rheswm am hyn oedd bod Elen hithau wedi syrthio mewn cariad â Macsen ar ôl ei weld. Priododd y ddau y diwrnod hwnnw. I ddathlu'r achlysur, caniataodd Macsen i Eudaf reoli Ynys Prydain ar ei ran a gorchmynnodd godi ceyrydd hardd i Elen. Roedd y rheini yng Nghaerllion, Caerfyrddin a'r olaf – a'r harddaf wrth gwrs – yng Nghaernarfon.

Gorchmynnodd Elen hithau adeiladu ffyrdd llydan rhwng y ceyrydd hyn a'i gilydd, ac ar draws Ynys Prydain er mwyn teithio'n hwylus o le i le. O ganlyniad, yr enw ar lawer o'r ffyrdd Rhufeinig yng Nghymru hyd heddiw yw Ffyrdd Elen Lwyddog.

Bu Macsen yn byw am saith mlynedd yn y gaer newydd a gododd yng Nghaernarfon. Oherwydd iddo fod i ffwrdd mor hir, dewisodd y Rhufeiniaid ymherodr arall yn ei le ac anfonodd hwnnw lythyr at Macsen yn bygwth ei ladd os deuai'n agos at Rufain eto. Roedd hynny'n dân ar groen Macsen wrth gwrs, ac anfonodd lythyr yn ôl ar unwaith – yn dweud ei fod ar ei ffordd!

Teithiodd tua Rhufain gyda'i fyddin, gan drechu Ffrainc a phob gwlad arall oedd rhyngddo a'i brifddinas. Cyrhaeddodd honno'n weddol ddi-lol ac oherwydd i'r ymherodr newydd wrthod ildio, amgylchynodd hi. Bu'n ei gwarchae am flwyddyn gron gyfan ond nid oedd fymryn nes i'r lan o ran ei chipio.

Yn y cyfamser roedd Cynan a Gadeon, brodyr Elen, wedi dilyn Macsen gyda'u byddin fach. Er nad oedd y fyddin yn fawr, roedd yn well na byddin Rufeinig ddwywaith ei maint. Bu'r ddau frawd yn edrych ar filwyr Macsen yn ymosod yn ofer ar waliau cadarn Rhufain a daethant i'r casgliad fod yn rhaid wrth ffordd fwy cyfrwys o gipio'r ddinas.

Y noson honno roedd yn dywyll fel y fagddu ac anfonwyd dynion i fesur uchder waliau Rhufain gyda ffyn hir. Ar ôl gwneud hynny, treuliwyd dyddiau yn gwneud ysgolion hirion, un i bob pedwar dyn yn y fyddin. Y rheswm am hyn oedd fod gan Cynan a Gadeon gynllun hynod syml ond effeithiol.

Roeddent wedi sylwi bod byddinoedd y ddau ymherodr yn ymladd bob dydd hyd hanner dydd, pan gymerai'r ddau ginio a pheidiai'r ymladd tra oedd y ddwy fyddin yn bwyta hefyd. Roedd cynllun y ddau frawd yn feiddgar o syml. Y cwbl a wnaethant oedd rhoi cinio'n gynt i'w byddin un diwrnod a thra oedd y ddau ymherodr a'u dynion yn sglaffio aeth dynion Cynan a Gadeon dros waliau Rhufain gyda'r ysgolion yn gwbl ddidrafferth!

Buont wrthi wedyn am dridiau a theirnos yn trechu

dynion y ddinas. Erbyn iddynt agor y drysau i Macsen a'i fyddin ddod i mewn roedd yr ymherodr arall wedi ei ladd a'i ddynion i gyd wedi ildio.

Roedd Macsen yn ymherodr Rhufain unwaith eto ac yn fodlon ei fyd. Galwodd Cynan a Gadeon ato.

'Diolch o galon ichi ill dau. Drwy fod yn ddoeth, rydych wedi arbed bywydau cannoedd lawer o'm gwŷr ac wedi dychwelyd Rhufain yn ôl i minnau. Rwyf yn berffaith fodlon bellach ac wedi ennill fy ymerodraeth yn ôl.'

Bu'r ddau frawd yn ymladd a chrwydro am flynyddoedd lawer ar ôl hyn gan gael sawl antur ac yn raddol tyfodd y dynion ifanc yn hen wŷr. Roedd gwallt y ddau bellach wedi britho a phenderfynasant ei bod yn amser cadw eu cleddyfau am byth.

'Rydym yn heneiddio,' meddai Gadeon.

'Beth wyt ti am ei wneud?' holodd Cynan. 'Aros yma neu ddychwelyd i Ynys Prydain?'

Peidio dychwelyd oedd dewis Cynan ond roedd hiraeth am ei wlad a'i bobl ar Gadeon, felly ffarweliodd y ddau frawd â'i gilydd. Arhosodd Cynan a'i ddynion yn Llydaw a dyna pam mae iaith Llydaw, sef Llydaweg, mor debyg i Gymraeg.

Y peth rhyfedd ydi bod Lladin, sef iaith yr ymerodraeth fawr Rufeinig mor farw â hoelen erbyn heddiw ond y mae Cymraeg – a Llydaweg hefyd o ran hynny – 'yma o hyd'.

139

CANTRE'R GWAELOD

Dewch am dro drwy Gymru'r gorffennol. Y gorffennol pell – pell iawn, hefyd. Doedd Caerdydd, prifddinas Cymru, yn ddim ond pentref pysgota bach ar lan y môr. Roedd Merthyr Tudful a'r cyffiniau yn ddyffryn gwyrdd hyfryd a defaid, geifr a gwartheg yn pori'n dawel ar y llethrau. Yn Rhaeadr Gwy, gwelid dynion cryfion, barfog yn rhwydo eogiaid anferth fel bariau o arian byw. Ymlaen â ni am y mynyddoedd. Rhaid fyddai cymryd pwyll bellach gan nad oedd ond llwybr cul yn mynd dros lepan Pumlumon. Fyddai wiw i ni fynd y ffordd hon wedi iddi dywyllu oherwydd roedd gwylliaid gwyllt yn byw yn nannedd y creigiau, medden nhw. Gwell mynd ymlaen am Aberystwyth a glan y môr . . .

Glan y môr? Pa lan y môr? Dal i lifo ymlaen yr oedd

afon Ystwyth a dim hanes o aber na thraeth. Roedd Bae Ceredigion yn dir sych!

Yr enw ar y tir sych hwnnw oedd Cantre'r Gwaelod ac roedd yn lle arbennig o hyfryd. O'r tir uchel gellid ei weld yn ymestyn yn wastad braf tua'r gorwel a machlud yr haul. Tir ffrwythlon iawn oedd hwn a'r awyr yn llawn su gwenyn ac arogl blodau hyfryd. Dyma'r unig ran o Gymru lle gellid tyfu grawnwin yn ddidrafferth. Roedd pobl Cantre'r Gwaelod wrth eu bodd yn byw yma oherwydd roedd digon o fwyd a diod ar gael haf a gaeaf.

Enw brenin y Cantref oedd Gwyddno Garanhir oherwydd ei fod yn ddyn eithriadol o dal, a choesau hir ganddo. Dyn caredig iawn oedd Gwyddno ac roedd ei bobl yn hapus iawn. Clywid sŵn chwerthin a chwarae, dawns a chân ym mhob cornel o'r wlad.

Un broblem oedd ynglŷn â Chantre'r Gwaelod. Roedd y tir mor isel nes bod yn rhaid cael clawdd anferth i gadw'r môr allan. Ac roedd hwn yn glamp o glawdd hefyd. Roedd yn cychwyn yn Aberdaron ym Mhen Llŷn ac yn gorffen yn Abergwaun yn sir Benfro. Gan fod nifer o afonydd yn llifo drwy'r Cantref roedd dorau mawr yn y clawdd i adael iddynt lifo allan pan oedd y môr ar drai ond gofelid cau'r dorau pan oedd y llanw'n codi.

Roedd yn hanfodol agor a chau'r dorau mawr mewn pryd oherwydd trigai miloedd o bobl yn y Cantref, mewn un ar bymtheg o ddinasoedd hardd. Un o'r dinasoedd hynny oedd Mansua, porthladd pwysicaf Cymru ar y pryd. Prifddinas y Cantref oedd Caer Wyddno a safai filltiroedd allan i'r môr o Aberystwyth. Gwaith cyfrifol tu hwnt oedd gofalu am y morglawdd a'r dorau oherwydd dibynnai bywydau pawb yn y Cantref a'r dinasoedd arno. Chwiliai pob un o frenhinoedd Cantre'r Gwaelod am ddyn cyfoethog, urddasol i wneud y gwaith a'r un a ddewisodd Gwyddno oedd Seithennyn. Roedd yn ŵr cyfoethog iawn oherwydd roedd ei dad, Seithyn Seidi yn dywysog. Yn anffodus roedd hefyd yn feddwyn a oedd yn beryglus iawn i ddyn mewn gwaith mor bwysig.

Un diwrnod roedd Gronw, mab hynaf Gwyddno yn cael ei ben-blwydd a phenderfynodd y brenin gynnal gwledd fawr yng Nghaer Wyddno i ddathlu'r achlysur. Anfonwyd gwahoddiad i bawb o bwys ac am ddyddiau cyn y wledd gwelid pobl yn cyrchu tua'r ddinas.

'Symud o'r ffordd Berwyn, mae coets fawr arall yn dod!'

'Oes myn diain i. Mwy o fyddigions yn mynd i'r wledd mae'n siŵr. Maen nhw'n dweud bod cannoedd os nad miloedd yn dod yma erbyn fory. Mi fydd hon yn wledd a hanner!'

'Greda' i. Mae ugeiniau o longau dieithr ym Mansua a rhai ohonyn nhw wedi cludo gwesteion o gyn belled â Llydaw.'

'Wel, mae gan Gwyddno deulu yn y fan honno wedi'r cwbl, does?'

'Oes o ran hynny.'

'Wyt ti wedi cael gwahoddiad?'

'Na, dydw i ddim yn ddigon pwysig.'

'Na finnau chwaith.'

Roedd Caer Wyddno'n ferw gwyllt a'r holl ddinas wedi ei haddurno'n hardd ar gyfer yr achlysur. Mewn sawl cilfach a sgwâr, roedd byrddau wedi cael eu hulio a lle wedi ei glirio i ddawnsio, oherwydd roedd y werin hefyd am ddathlu a chynnal eu partïon eu hunain i ddathlu pen-blwydd Gronw.

Os oedd prysurdeb yn y strydoedd, doedd hynny'n ddim o'i gymharu â'r palas brenhinol. Roedd hwnnw fel nyth morgrug. Rhuthrai gweision, morynion a negeswyr yma ac acw gan gario a symud pob math o nwyddau. Fel y gallech ddisgwyl, y gegin anferth oedd y lle prysuraf. A dweud y gwir, roedd hi'n draed moch yn y fan honno. Oherwydd bod cymaint o bobl bwysig yn dod i'r wledd roedd Gwyddno wedi talu i gogydd enwocaf Ffrainc ddod i baratoi'r bwyd. Ei enw oedd Monsieur Blanc. Gwisgai het wen uchel ac roedd ganddo wyneb mawr, coch a sgleiniai fel tomato gwlyb yng ngwres y gegin. Roedd ganddo hefyd glamp o fol – a chlamp o dymer!

'O, mon dieu! Mwy o fwyd! Ond mae'r Cymry yma mor anwaraidd! Maen nhw wedi eu magu ar alwyni o lobsgóws ac yn disgwyl cael tomennydd o fwyd bob tro. Ych-a-fi! Maen nhw'n bwyta fel canibaliaid. Ond rydw i'n athrylith a sut y mae disgwyl i mi greu gyda mynydd o fwyd fel hyn?'

Ac roedd ganddo le i gwyno. O'i flaen roedd tomen anferth o lysiau, cig a ffrwythau. Doedd dim amdani ond dechrau ar y gwaith, oherwydd fel y dywed yr hen air – deuparth gwaith yw ei ddechrau. (Nid y gwyddai Monsieur Blanc hynny wrth gwrs, gan mai Ffrancwr oedd o!)

'Chi, chi a chi – ewch ati i blicio'r tatws a'r moron! Dechreuwch chithau dorri'r cig yn ddarnau. Chwithau, golchwch y ffrwythau. O, am gael bod yn fy nghegin fy hun yn paratoi pryd gwaraidd!'

Aeth pawb ati fel lladd nadroedd i ddilyn gorchmynion Monsieur Blanc.

'Bydd angen gwin arnom i'w roi yn fy ryseitiau cyfrinachol ac ysblennydd i. Oes gwin ar gael?'

'Wrth gwrs,' meddai Mererid, un o'r morynion a oedd yn prysur golli ei thymer â'r cogydd ffroenuchel. 'Sut win sydd ei angen arnoch – un coch neu un gwyn?'

'O? Mae dewis?'

'Wrth gwrs – a hwnnw'n win wedi'i wneud yma yng Nghaer Wyddno gyda grawnwin y Cantre.'

'O, felly'n wir,' meddai Monsieur Blanc, 'mae pethau'n gwella felly. Dydych chi ddim wedi'ch magu ar ddim ond stwnsh rwdan yn unig wedi'r cwbl.'

'Y penci powld!' meddai Mererid dan ei gwynt. Taflodd y daten roedd newydd ei phlicio'n wyllt i'r bwced wrth ei thraed, gan ddychmygu ei bod yn ei thaflu at y cogydd.

Gwawriodd diwrnod y wledd yn braf ond gwyntog. Roedd y bobl gyffredin, gwerin y ddinas, a oedd yn bwyta allan ar y strydoedd yn cynnal eu partïon hwy yn y prynhawn, cyn iddi dywyllu. Clywid canu 'Penblwydd Hapus' o bob cwr o'r ddinas a thua phedwar o'r gloch aeth Gronw o gwmpas y strydoedd yng ngherbyd y brenin. Roedd Caer Wyddno yn atseinio i 'Hwrê' y bobl. Yr un pryd roedd y gwynt yn cryfhau nes ei fod yn chwibanu o gwmpas tyrau'r ddinas. Cliriwyd y byrddau'n gyflym, ond nid cyn i aml liain bwrdd gael ei chwythu ymaith i ebargofiant.

Erbyn gyda'r nos, roedd y gwynt fel peth byw, yn carlamu ar draws y Cantref. Roedd y trigolion yn falch o swatio yn eu tai wrth wrando arno'n ubain drwy'r strydoedd gweigion, gan sgytian drysau a ffenestri fel petai'n benderfynol o fynd i mewn.

Ond yn y wledd, ni chymerai neb sylw o'r gwynt. Rhwng y sgwrsio, y canu a'r dawnsio, prin y clywai neb smic o'i sŵn ac ni phoenai ddim arnynt. Daethpwyd â

144

cherddorion a beirdd o bob rhan o Gymru i'r wledd ac yn eu plith roedd Carwyn ab Irfon.

Bardd ifanc a ganai i gyfeiliant telyn fechan oedd Carwyn. Roedd yn hardd iawn a sawl un o forynion y palas wedi gwenu'n dlws arno ac ambell un fwy mentrus na'i gilydd wedi rhoi winc arno hyd yn oed. Ni chymerodd Carwyn sylw o'r un ohonynt fodd bynnag. Roedd y forwyn benfelen dlos a wnaeth bryd sydyn iddo, yng nghanol ei phrysurdeb, wedi ei swyno'n lân. A'i henw? Wel Mererid, wrth gwrs.

Tro Carwyn oedd hi i ganu ac aeth i ben y llwyfan gyda'i delyn. Cafodd groeso brwd, oherwydd roedd yn enwog drwy Gymru am ei ganeuon hyfryd. O gongl ei lygad, gwelai Mererid yn cario jygeidiau o win melys i'r gwesteion. Rhedodd y bardd ei fysedd yn ysgafn ar hyd tannau ei delyn a dechreuodd ganu, gan syllu i fyw llygaid Mererid:

'Dacw hi, ac mi a'i gwelaf,
Ati'n union y cyfeiriaf;
Os nad wyf i yn camgymryd,
Y fain olau yw f'anwylyd.'

Cochodd Mererid wrth sylweddoli bod Carwyn yn canu amdani a dechreuodd y gynulleidfa fawr guro dwylo. Aeth Carwyn ymlaen â'i gân:

'Ni bu ferch erioed cyn laned,
Ni bu ferch erioed cyn wynned;
Ni bu neb o ferched dynion
Nes na hon i dorri 'nghalon.

146

Mae dwy galon yn fy mynwes,
Un yn oer a'r llall yn gynnes;
Un yn gynnes am ei charu,
A'r llall yn oer rhag ofn ei cholli.'

Erbyn diwedd y gân roedd Mererid wedi diflannu i'r gegin a'r gloddestwyr wrth eu bodd, yn gweiddi am fwy a mwy. Ond mynd i'r gegin ar ei hôl wnaeth Carwyn.

Cymerodd Mererid arni ei bod wedi gwylltio'n gandryll, ond yn ddistaw bach roedd hithau wedi syrthio mewn cariad hefo Carwyn hefyd.

Yn y gegin, er y prysurdeb, roedd sŵn y gwynt i'w glywed yn amlwg iawn. Agorodd Carwyn y drws i gael golwg ar y tywydd a dychrynodd wrth deimlo'r glaw yn cael ei chwipio'n erbyn croen ei wyneb. Roedd y gwynt bellach yn gorwynt.

'Ar noson fel hon rydw i'n falch fod gennym ni wal uchel i gadw'r môr allan,' meddai Mererid.

'Greda' i. Roeddwn i'n gweld Seithennyn yn y wledd gynnau. Roedd o'n chwil ulw.'

'Beth? Ddylai o ddim bod yma. Mae'r llanw wedi troi ers awr ac fe ddylai fod wedi cau'r dorau i'w gadw allan!' meddai Mererid.

Agorodd Carwyn y drws unwaith yn rhagor ac uwchben rhuo'r ddrycin, tybiai y gallai glywed sŵn tonnau.

'Tyrd Mererid, does dim eiliad i'w sbario! Mae'n rhaid i ni gau'r dorau neu fe fydd hi ar ben arnon ni a phawb arall.'

Y tu ôl iddynt yn neuadd y wledd, clywent Seithennyn yn bloeddio canu'n aflafar a meddw, yn malio dim beth oedd yn digwydd y tu allan.

147

Cychwynnodd y ddau gariad am y morglawdd ac ofn yn eu gyrru ymlaen. Prin y medrent symud oherwydd bod y corwynt i'w hwynebau. Nid oedd gobaith iddynt gyrraedd y mur fodd bynnag. Peidiasai'r glaw erbyn hyn ond roedd y gwynt cyn gryfed ag erioed. Bob hyn a hyn, deuai'r lleuad i'r golwg a chymylau fel talpiau anferth o wadin du yn sgrialu heibio iddo. Yn ystod un o'r cyfnodau pan ddaeth y lleuad i'r golwg gwelodd Carwyn a Mererid fod y môr wedi llifo drwy'r dorau agored. Yn waeth na hynny roedd rhannau o'r wal o boptu'r dorau wedi chwalu a thonnau uchel, barus yn sgubo dros fwy a mwy o dir sych. Mewn arswyd, trodd y ddau ar eu sawdl a rhedeg nerth eu traed am Gaer Wyddno.

'Mae Seithennyn wedi gadael y dorau ar agor!'

'Mae'r môr yn torri trwodd!'

'Mae'r morglawdd yn chwalu!'

'Rhedwch am eich bywyd!'

Yn anffodus, oherwydd sŵn y gwynt, ychydig iawn o bobl a'u clywodd. Buont yn drymio ar ddrysau cymaint o dai a phosib gan weiddi nerth esgyrn eu pen.

'Codwch y munud yma!'

'Mae'r môr wedi torri trwodd!'

Rhuthrodd Carwyn a Mererid i'r palas i rybuddio pawb i ffoi. Carwyn aeth i mewn yn gyntaf ac aeth yn syth at fwrdd y brenin.

'Eich mawrhydi, mae'n rhaid i chi a phawb arall ffoi ar unwaith! Gadawodd Seithennyn ddorau'r morglawdd ar agor ac mae'r môr wedi dod drwyddynt.'

'Beth? Mae hynny'n amhosib. Mae Seithennyn bob amser yn gofalu eu cau.'

'Gofynnwch iddo – mae yma yn y wledd.'

'Ydi, fe wn i. Ond mae o wedi mwynhau gwledd ben-blwydd Gronw gymaint nes ei fod yn cysgu'n sownd erbyn hyn. Chwarae teg iddo, mae'n gweithio'n galed ac yn haeddu gorffwys weithiau.'

'Ond mae'r dorau ar agor!'

'Choelia' i fawr. Fyddai Seithennyn byth yn gwneud y fath beth. Codi bygythion yr ydych chi!'

Doedd dim troi ar y brenin a gadawodd Carwyn a Mererid y llys yn sŵn ei chwerthin. 'Y môr yn torri trwodd wir!' Gwyddai'r ddau fod eu bywydau mewn perygl ac nad oedd eiliad i'w gwastraffu bellach.

Eu hunig obaith oedd gadael tir isel y Cantref ac anelu am y bryniau, allan o gyrraedd y tonnau. O'u blaenau, gwelent ambell olau lantern egwan wrth i rai o bobl Caer Wyddno ffoi am eu hoedl. Ond beth am weddill y bobl? A phobl y dinasoedd eraill? Doedd ganddynt ddim gobaith!

Roedd y llwybr a ddilynent yn dechrau codi am y bryniau o'r diwedd ond nid arafodd Carwyn na Mererid mo'u camau. Yna'n sydyn, clywsant sŵn rhyfedd y tu ôl iddynt. Sŵn rhuo rhyfedd oedd o. Trodd y ddau a gweld golygfa arswydus fyddent yn ei chofio am byth. Roedd ton anferth, cyn uched â thŵr yr eglwys uchaf yn sgubo dros Gaer Wyddno ac yn syth amdanynt. Fel safn rhyw fwystfil dychrynllyd a adawyd i mewn drwy'r dorau agored, llyncai'r don garpiog bopeth o'i blaen a gwelsant Gaer Wyddno'n diflannu am byth.

Yn ystod y noson ofnadwy honno, ychydig iawn o bobl Cantre'r Gwaelod lwyddodd i ddianc yn fyw ac yn iach fel Carwyn a Mererid. Llond dwrn yn unig oeddynt a chael a chael oedd hi mewn sawl achos i gyrraedd diogelwch bryniau Llŷn, Meirion, Ceredigion neu Benfro cyn i'r don anferth sgubo dros bopeth.

Erbyn iddi wawrio drannoeth roedd golygfa dorcalonnus yn wynebu'r rhai oedd yn fyw. Gostegodd y gwynt ond doedd dim golwg o Gantre'r Gwaelod. Na'r un ddinas ar bymtheg. Na'r morglawdd. Roedd miloedd o bobl a thir gorau Cymru wedi boddi oherwydd meddwdod Seithennyn. Diflannodd y cyfan am byth a'r cyfan a welid oedd dŵr llonydd y môr.

Crwydrodd Carwyn a Mererid yn dawel a thrist ar hyd ymyl y dŵr, yn meddwl am yr holl bobl a foddwyd. Doedd dim arwydd o fywyd yn unman. Yna'n sydyn sylwodd y ddau fod rhywun yn gorwedd ar y lan, a chadair anferth wrth ei ochr.

'Ydi o'n fyw Carwyn?'

'Ydi, drwy ryw ryfedd wyrth. Gwyddno ydi o. Ac yli beth ydi hon – ei orsedd o. Mae'n rhaid bod honno wedi nofio o flaen y don anferth yna neithiwr a bod y brenin wedi llwyddo i ddal ei afael ynddi rywsut.'

Aethant â'r brenin i dŷ a safai ar fryn gerllaw a chyn hir daeth ato'i hun. Er ei fod yn ddiolchgar ei fod yn fyw, roedd yn torri ei galon oherwydd y drychineb ac yn melltithio Seithennyn. Hyd heddiw, enw'r bryn lle bu Gwyddno yn torri ei galon yw Bryn Llefain.

* * *

Maent yn dweud bod pysgotwyr Aberystwyth hyd heddiw yn gallu gweld olion Caer Wyddno ar wely'r môr drwy'r dŵr clir ar adegau. Mae hyd yn oed nifer o ffyrdd i'w gweld yn arwain allan i'r môr, i'r cyfeiriad lle'r oedd Cantre'r Gwaelod gynt. Yr enwocaf ohonynt yw Sarn Badrig, sy'n ymestyn allan am un filltir ar hugain.

Maent yn dweud hefyd bod llawer o adeiladau Cantre'r Gwaelod yn dal yn gyfan o dan y dŵr, gan gynnwys yr eglwysi. Mae'n siŵr eich bod wedi clywed y gân enwog 'Clychau Aberdyfi' sy'n sôn am hyn. Pan fo'r tywydd yn braf a'r môr yn llonydd, gellir clywed clychau Cantre'r Gwaelod yn canu dan y dŵr. Pan fo'r môr yn stormus ni ellir clywed dim ond tonnau'n torri wrth gwrs.

O ie, mae un peth arall sy'n profi bod hon yn stori wir. Cyn sicred ag y bydd storm anferth neu lanw a thrai mawr ym Mae Ceredigion, fe ddaw olion coed i'r golwg drwy'r tywod a'r graean. Profa hyn fod tir sych yma gynt a bod coed a glaswellt lle mae crancod a gwymon bellach.